LE REFUS

5-7, rue de l'École-Polytechnique ; 75005 Paris
http://www.librairieharmattan.com
diffusion.harmattan@wanadoo.fr
harmattan1@wanadoo.fr
ISBN : 978-2-296-54397-3
EAN : 9782296543973

Pierre Taminiaux

LE REFUS

Drame en deux actes

L'Harmattan

Du même auteur

Aux Editions L'Harmattan

Poétique de la négation. Essai de littérature comparée, *1998.*

Surmodernité : entre rêve et technique, *2003.*

Le matin d'un voleur, *2003.*

Théâtre

Le bord, *2005.*

Feu noir. Drame en un acte, *2009.*

Décor

Le bureau d'un éditeur

Personnages

LE POÈTE

L'ÉDITEUR

L'AMOUR

ACTE I

Pour décor, une pièce remplie de livres. On peut voir au milieu un bureau et une chaise. Les livres sont entassés sur des étagères et forment également des tas à hauteur du sol. Une simple lampe de chevet éclaire le bureau. Sur la droite de la scène apparaît un divan. Un homme d'âge mûr vêtu d'un costume gris se promène en long et en large, les mains croisées derrière le dos. Il semble pensif. On entend soudain quelqu'un frapper à la porte.

L'ÉDITEUR : Oui. Entrez ! (*Il se retourne vers la porte*)

LE POÈTE (*Un homme jeune vêtu d'un jeans et d'une veste en cuir pousse la porte et entre dans la pièce*) : Je vous dérange ?

L'ÉDITEUR : Pas du tout !

LE POÈTE : Je ne pensais pas que vous accepteriez ce rendez-vous.

L'ÉDITEUR : Pourquoi ?

LE POÈTE : Je sais bien que vous êtes un homme très occupé.

L'ÉDITEUR : Tout le monde l'est, de nos jours. (*Un temps*) Tous ceux qui travaillent.

LE POÈTE : Vous n'avez pas beaucoup de temps à me consacrer, je suppose ?

L'ÉDITEUR (*d'un ton ferme*) : C'est exact.

LE POÈTE : C'est votre choix, de toute façon.

L'ÉDITEUR : Je n'étais pas vraiment d'humeur à travailler, ce matin.

LE POÈTE : Moi non plus, vous savez. J'avais plutôt envie d'aller me promener, de flâner.

L'ÉDITEUR : Flâner n'est pas un mot qui fait partie de mon vocabulaire.

LE POÈTE : Que feriez-vous, si vous deviez vous arrêter de travailler ?

L'ÉDITEUR : Je ne m'arrêterai jamais de travailler. Je déteste m'ennuyer !

LE POÈTE : Vous savez bien pourquoi je suis venu.

L'ÉDITEUR : Je le devine.

LE POÈTE : Je devais vous parler. Je ne pouvais plus attendre.

L'ÉDITEUR : Je m'en doutais bien.

LE POÈTE : C'était plus fort que moi.

L'ÉDITEUR (*ton ferme*) : Qu'espérez-vous concrètement, à ce point ?

LE POÈTE : Une explication. (*Un temps*) Une simple explication.

L'ÉDITEUR : Je ne peux pas être long.

LE POÈTE : Je ne vous le demande pas.

L'ÉDITEUR : Vous ne pouvez pas vous contenter de ma réponse ? Elle fut claire, pourtant.

LE POÈTE : Trop claire, précisément !

L'ÉDITEUR : Que voulez-vous dire ?

LE POÈTE : Trop rapide.

L'ÉDITEUR : N'exagérons rien ! Disons qu'elle fut sans équivoque.

LE POÈTE : Je me méfie des phrases et des mots trop simples. Sinon, je n'écrirais pas. Je me contenterais de parler, comme vous.

L'ÉDITEUR : Je lis beaucoup.

LE POÈTE : Ce n'est pas le même travail que le mien.

L'ÉDITEUR (*souriant du coin des lèvres*) : Évidemment que non ! Chacun son métier.

LE POÈTE : La division du travail, comme on dit. (*Un temps*) Chacun sa petite partie du tout.

L'ÉDITEUR : Oui. Comme vous le dites.

LE POÈTE : Je n'aime pas cette expression. (*Un temps*) le travail devrait rassembler et non pas diviser.

L'ÉDITEUR : Tant pis. C'est comme ça.

LE POÈTE : Pourquoi dites-vous : 'c'est comme ça' ? (*Un temps*) Pourquoi les gens disent-ils toujours : 'C'est comme ça ?'

L'ÉDITEUR : Parce que c'est comme ça. C'est tout !

LE POÈTE (*soupirs étouffés*) : Vous me faites vraiment douter.

L'ÉDITEUR : Je n'en ai aucunement l'intention.

LE POÈTE : Quelle est votre véritable intention, alors ?

L'ÉDITEUR : Vous écouter.

LE POÈTE : Vous en êtes sûr ?

L'ÉDITEUR : Je n'ai pas l'habitude de mentir.

LE POÈTE : Moi encore moins !

L'ÉDITEUR (*montrant du doigt une pile de manuscrits près de son bureau*) : Vous n'allez pas me croire, mais je les ai tous lus.

LE POÈTE : Dur métier !

L'ÉDITEUR : En apparence, nous sommes chacun d'un côté de la barrière.

LE POÈTE : En apparence ?

L'ÉDITEUR : Oui. Nous croulons tous les deux sous les mots. (*Un temps*) Ils finiront par nous ensevelir. Cela ne fait pas le moindre doute.

LE POÈTE : Auriez-vous préféré un autre métier ? Un métier plus facile ?

L'ÉDITEUR : Je n'y ai jamais pensé. C'est toute ma vie.

LE POÈTE : Jamais, vraiment ?

L'ÉDITEUR : Non. Une fois qu'on commence, on ne peut plus rebrousser chemin. C'est comme une locomotive sur ses rails.

LE POÈTE : Mais au moins vous, les mots, vous en faites un vrai métier. Ce n'est pas mon cas.

L'ÉDITEUR : Vous voulez dire un gagne-pain ?

LE POÈTE : Oui.

L'ÉDITEUR (*souriant ironiquement*) : Et même un peu plus que du pain.

LE POÈTE (*contemplant la pile de manuscrits que l'éditeur vient de montrer du doigt*) : Le mien est dans cette pile ?

L'ÉDITEUR : C'est possible. Je n'ai pas vérifié.

LE POÈTE : Vous vous souvenez encore de leur contenu ?

L'ÉDITEUR : Cela dépend. Pour certains oui, pour d'autres non.

LE POÈTE : Qu'est-ce qui vous reste à l'esprit, après les avoir lus ?

L'ÉDITEUR : Quelques phrases qui résonnent.

LE POÈTE : Quelles phrases ?

L'ÉDITEUR : Des phrases qui me choquent, m'étonnent, me désarçonnent même. (*Un temps*) Des fragments.

LE POÈTE : J'imagine que vous en oubliez beaucoup.

L'ÉDITEUR : Oui. L'oubli m'est nécessaire. Sinon, je ne continuerais pas à lire.

LE POÈTE : Je vous comprends.

L'ÉDITEUR : Et vous ? (*Un temps*) Pourquoi avez-vous décidé d'écrire ?

LE POÈTE : À vrai dire, je n'en sais rien. (*Un temps*) la vie devait me sembler vide, sans mes propres mots.

L'ÉDITEUR : La plus grande partie de l'humanité ne ressent pas ce vide.

LE POÈTE : Il reste les autres, tous les autres. Cela fait beaucoup de monde, malgré tout. (*Un temps*) Trop de monde, peut-être.

L'ÉDITEUR : Cela fait beaucoup de travail pour moi, je peux vous l'assurer !

LE POÈTE (*d'un ton ferme*) : Je ne pense jamais au travail quand j'écris.

L'ÉDITEUR : Vous rêvez.

LE POÈTE : C’est possible.

L’ÉDITEUR : Moi pas !

LE POÈTE : Jamais ?

L’ÉDITEUR (*après un moment d’hésitation*) : Dans ma jeunesse, sans doute.

LE POÈTE : Pourrais-je voir un de ces manuscrits ? (*Il désigne la pile à côté du bureau*)

L’ÉDITEUR : Ils ont tous été refusés, ceux-là.

LE POÈTE : Vous les trouviez mauvais ?

L’ÉDITEUR : Disons insuffisants !

LE POÈTE : Insuffisants ?

L’ÉDITEUR : Je veux dire impubliables.

LE POÈTE : Que veut dire ce mot ?

L’ÉDITEUR : Cela veut dire que je ne les prends pas.

LE POÈTE : Vous ne les rendez pas non plus à leurs auteurs ?

L'ÉDITEUR (*haussant les épaules*) : Non. À moins qu'ils ne viennent les chercher eux-mêmes.

LE POÈTE : Toutes ces œuvres perdues que personne ne lira jamais. (*Un temps*) Tout ce travail pour rien. Quel gâchis !

L'ÉDITEUR : Alea jacta est !

LE POÈTE : Que dites-vous ?

L'ÉDITEUR : Je dis : 'alea jacta est' ! C'est du latin.

LE POÈTE : Je le sais. J'ai étudié le latin à l'école.

L'ÉDITEUR (*d'un ton sec*) : Le sort en est jeté, selon la formule consacrée !

LE POÈTE (*ironique)* : Le manuscrit aussi. À la poubelle !

L'ÉDITEUR : C'est la loi de la sélection. Elle nous concerne tous.

LE POÈTE : Je n'ai jamais prétendu qu'ils étaient tous publiables.

L'ÉDITEUR : C'est la sélection, je vous le répète ! (*Un temps*) Cela ne concerne pas seulement les textes.

LE POÈTE (*s'emparant d'un manuscrit*) : Je peux le regarder ?

L'ÉDITEUR : Je vous en prie.

LE POÈTE (*lisant le titre sur la couverture*) : Les pièges de l'amour.

L'ÉDITEUR : Un roman.

LE POÈTE : Vous l'avez vraiment lu du début à la fin, celui-là ?

L'ÉDITEUR : Je dois vous avouer que non.

LE POÈTE : Ça a l'air long.

L'ÉDITEUR : Beaucoup trop long !

LE POÈTE : Est-ce la raison pour laquelle vous l'avez refusé ?

L'ÉDITEUR : En partie.

LE POÈTE : En partie seulement ?

L'ÉDITEUR : C'était trop sentimental. (*Un temps*) Trop fleur bleue.

LE POÈTE : Désuet ?

L'ÉDITEUR : Oui. Si vous préférez.

LE POÈTE : Vous n'aimez pas les sentiments ? (*Un temps*) Ils vous dérangent ?

L'ÉDITEUR : Le moins possible.

LE POÈTE (*parcourant les pages du manuscrit*) : C'est bien écrit.

L'ÉDITEUR : Je me soucie peu du style. (*Un temps*) Ce n'est pas le genre de la maison.

LE POÈTE : Que cherchez-vous, alors ?

L'ÉDITEUR : Je ne cherche pas. Je ne cherche rien, je trouve.

LE POÈTE : Et que trouvez-vous, dans ce cas ?

L'ÉDITEUR : Ce qui peut se vendre ou attirer la presse.

LE POÈTE : La rentabilité d'abord.

L'ÉDITEUR : Si vous voulez.

LE POÈTE : Vous connaissez l'auteur de ce manuscrit ?

L'ÉDITEUR : Non. Pourquoi le connaîtrais-je ?

LE POÈTE : Tous ces manuscrits ne finissent-ils pas par se ressembler, pour vous ?

L'ÉDITEUR : Cela arrive, en effet.

LE POÈTE : Aimez-vous vraiment lire ?

L'ÉDITEUR : Dans le temps, oui. Moins maintenant. La force de l'habitude, comme on dit.

LE POÈTE (*déposant à nouveau le manuscrit sur le haut de la pile*) : Parfois, j'aspire à retourner au moyen-âge, quand les textes étaient rares et le privilège de quelques uns.

L'ÉDITEUR : Pourquoi retourner en arrière ? (*Un temps*) Puisque nous avons la démocratie.

LE POÈTE (*avec un air de surprise*) : La démocratie ?

L'ÉDITEUR : Oui, absolument. Les livres accessibles à tous. Dans les bibliothèques publiques et sur l'Internet. Des livres qu'on peut emprunter ou acheter à des prix dérisoires.

LE POÈTE : Certes.

L'ÉDITEUR (*d'un ton arrogant*) : Je travaille pour le plus grand nombre, moi !

LE POÈTE : Le plus grand nombre, peut-être, mais pas pour tout le monde !

L'ÉDITEUR : Tout le monde, c'est impossible de toute façon !

LE POÈTE : Je ne sais pas très bien de quoi vous parlez quand vous dites : 'la démocratie'.

L'ÉDITEUR : La démocratie est ce qui me permet de faire des livres mon métier. (*Un temps*) C'est tout !

LE POÈTE : Vous parlez en professionnel.

L'ÉDITEUR : Parfaitement ! (*Un temps*) Je déteste les amateurs.

LE POÈTE : Dans le mot : ‘amateur’, comme vous le savez, il y a le mot : ‘aimer’.

L’ÉDITEUR : Et dans le mot : ‘professionnel’, il y a le mot :’ profession’, donc gagne-pain.

LE POÈTE : Certes.

L’ÉDITEUR : J’ai besoin de vivre, moi ! (*Un temps*) (*Regardant le poète droit dans les yeux*) Pas vous ?

LE POÈTE : Si, moi aussi.

L’ÉDITEUR : Alors, nous sommes bien d’accord, en dépit des apparences.

LE POÈTE : Cela reste à prouver.

L’ÉDITEUR (*haussant les épaules*) : Je ne peux rien y faire. Ce n’est pas moi qui ai créé ce milieu. Je dois en respecter les règles.

LE POÈTE : Pourquoi gardez-vous ces manuscrits si vous ne les publiez pas ?

L’ÉDITEUR : Ne vous en faites pas. (*Un temps*) Je vais les détruire. D’ailleurs, les auteurs sont avertis de ce fait.

LE POÈTE : Les détruire. Vous n'êtes pas tendre avec les textes.

L'ÉDITEUR : Ce sont de simples objets, après tout, des objets en papier. Il y a trop de papier autour de nous ! Nous croulons sous le papier. (*Un temps*) Nous devons faire un tri et en jeter le plus possible.

LE POÈTE (*haussant le ton*) : N'allez-pas si vite en besogne !

L'ÉDITEUR : Pourquoi attendre ? Ces textes sont condamnés, de toute façon. Ils n'ont aucun avenir.

LE POÈTE : Aucun présent ? Je ne peux pas le croire.

L'ÉDITEUR : Aucun présent non plus. Ce sont de grands malades qui vont disparaître, quoi qu'il en soit. (*Un temps*) Et comme les grands malades, ils sont voués à la mort.

LE POÈTE (*d'un ton ironique*) : Voilà une métaphore particulièrement frappante.

L'ÉDITEUR : Je ne crois pas qu'on puisse les maintenir en vie artificiellement. Cela n'aurait aucun sens, de toute façon !

LE POÈTE : Et cette destruction systématique, vous trouvez qu'elle a un sens ?

L'ÉDITEUR : Elle met de l'ordre, cher monsieur. Et l'ordre, c'est le sens !

LE POÈTE : Le nettoyage par le vide.

L'ÉDITEUR (*tendant l'oreille*) : Pardon ? Que voulez-vous dire exactement ?

LE POÈTE (*haussant le ton*) : C'est ce qu'on appelle le nettoyage par le vide.

L'ÉDITEUR : J'élimine, c'est tout ! (*Un temps*) C'est-à-dire que je ne conserve que l'essentiel.

LE POÈTE : L'essentiel ?

L'ÉDITEUR : Oui. Le nécessaire, quoi ! (*Un temps*) Et rien d'autre.

LE POÈTE : Le nécessaire ?

L'ÉDITEUR : Vous voulez me forcer à explique mes choix. Et je n'aime pas ça.

LE POÈTE (*sceptique*) : Sont-ils vraiment vos propres choix ?

L'ÉDITEUR : Oui, absolument. (*Un temps*) Je suis le seul maître à bord.

LE POÈTE (*d'un ton ironique*) : Vous êtes parfaitement libre, alors ?

L'ÉDITEUR : Oui, tout à fait.

LE POÈTE (*après un long silence un peu pesant*) : Vous avez de la chance.

L'ÉDITEUR (*un peu intrigué*) : De la chance ?

LE POÈTE : Oui.

L'ÉDITEUR : Pourquoi ?

LE POÈTE : Parce que moi, vous savez, je ne me sens pas libre.

L'ÉDITEUR : C'est votre problème. (*Un temps*) Pas le mien !

LE POÈTE : Non ! C'est aussi le problème des autres.

L'ÉDITEUR : Vous parlez trop fort. Calmez-vous ! (*le poète se rapproche de l'éditeur*)

LE POÈTE : Je n'avais pas cette impression. Ma voix est plutôt douce.

L'ÉDITEUR : Vous vous trompez. Elle résonne dans tout le bureau.

LE POÈTE : Je sens que vous ne voulez pas me parler. C'est trop évident !

L'ÉDITEUR : Je vous ai laissé entrer dans mon bureau. C'est trop tard.

LE POÈTE : Est-ce la fosse aux lions ?

L'ÉDITEUR (*haussant les épaules*) : Non. Pourquoi la fosse aux lions?

LE POÈTE : J'aurais préféré ne jamais vous rencontrer, vous savez.

L'ÉDITEUR: Maintenant, je peux mettre un visage sur vos mots.

LE POÈTE : C'est ça qui manque dans votre travail. Les mots n'ont pas de visage.

L'ÉDITEUR *(souriant)* : Précisément.

LE POÈTE : Vous ne savez pas qui vous lisez. C'est ça votre problème.

L'ÉDITEUR : Le plus souvent, non.

LE POÈTE (*se tournant vers le bord de la scène*) : Regardez mon visage ! Mon visage est plein de mots. Écrits dans mes yeux, sur ma bouche !

L'ÉDITEUR : Je ne regarde pas. Je lis.

LE POÈTE : Vous faites semblant de lire.

L'ÉDITEUR : Semblant ? (*Un temps*) Non.

LE POÈTE : Je ne sais même plus pourquoi je suis venu vous voir.

L'ÉDITEUR : Vous êtes confus ?

LE POÈTE : Oui.

L'ÉDITEUR (*tendant brusquement une chaise au poète*) : Asseyez-vous !

LE POÈTE (*saisissant la chaise*) : Merci.

L'ÉDITEUR (*tournant autour du poète assis sur la chaise*) : Vous comprenez, je dois prendre des décisions très difficiles.

LE POÈTE (*avec une moue un peu amère*) : Je comprends trop bien.

L'ÉDITEUR : Ces décisions concernent un grand nombre de personnes. Et pas seulement vous.

LE POÈTE (*suivant du regard les mouvements circulaires de l'éditeur*) : Vous me donnez le tournis.

L'ÉDITEUR : Je peux tourner plus lentement, si vous préférez.

LE POÈTE : Je plaisantais.

L'ÉDITEUR : Je ne vous connaissais pas ce sens de l'humour.

LE POÈTE : J'en ai si peu. (*Un temps*) Je ne suis pas dans une situation qui me porte à l'humour. (*Un temps*) Ce n'est pas le moment.

L'ÉDITEUR : La grande différence entre vous et moi, je le répète, c'est que les mots constituent la source de ma survie matérielle. (*Un temps*) Ils doivent me faire vivre, ni plus ni moins.

LE POÈTE (*insistant*) : Moi aussi, ils me font vivre, vous savez !

L'ÉDITEUR (*d'un air surpris*) : Des poèmes vous font vivre ?

LE POÈTE (*hochant de la tête*) : Oui. Assurément, ils me font vivre !

L'ÉDITEUR : Ils vous font manger ? Ils vous donnent un toit ?

LE POÈTE : Non ! Ils me font respirer (*Un temps*) Ils me font espérer !

L'ÉDITEUR (*sceptique*) : Espérer quoi ? (*Un temps*) La gloire ? Vous feriez mieux de vous lancer dans le cinéma ou dans la chanson !

LE POÈTE (*regard perdu dans le vide*) : J'espère seulement que les autres m'écoutent, qu'ils sentent ma présence, la réalité de mon existence !

L'ÉDITEUR (*Haussant les épaules*) : Ce n'est qu'une pure spéculation.

LE POÈTE : Pas pour moi !

L'ÉDITEUR : Une simple idée. (*Un temps*) Sans véritable fondement.

LE POÈTE : Nous ne parlons pas de la même chose, c'est une évidence !

L'ÉDITEUR : Mais si !

LE POÈTE : Vous vous trouvez sur une autre planète. (*Un temps*) Vous ne pensez pas comme moi.

L'ÉDITEUR : Vous exagérez !

LE POÈTE (*baissant la voix*) : Si peu !

L'ÉDITEUR (*ton rassurant*) : Je n'ai rien contre vous, vous savez.

LE POÈTE : Que voulez-vous dire ?

L'ÉDITEUR (*continuant à tourner autour de la chaise, les mains jointes derrière le dos*) : Vous m'êtes même plutôt sympathique !

LE POÈTE : Pour vous, je ne suis qu'un numéro de plus (*Un temps*) Ou plutôt un tas de papier de plus. (*Un temps*) J'aimerais tellement être quelqu'un.

L'ÉDITEUR : Je ne voudrais pas devoir justifier ma décision.

LE POÈTE (*durcissant le ton*) : J'ai besoin de raisons, de raisons précises !

L'ÉDITEUR : Ce n'est pas mon rôle. Mon rôle est de dire oui ou non !

LE POÈTE : Ce n'est pas assez !

L'ÉDITEUR : C'est plus qu'il n'en faut ! (*Un temps*) Après tout, j'aurais pu ignorer votre envoi. Ne même pas vous répondre.

LE POÈTE : Mais vous ne l'avez pas fait. (*Un temps*) Pourquoi ?

L'ÉDITEUR : Le silence aurait été plus simple. Vous ne seriez pas venu me voir.

LE POÈTE : Vous m'avez écrit une lettre. (*Un temps*) Courte certes, mais une lettre malgré tout.

L'ÉDITEUR : Dans ma vie, j'ai écrit beaucoup de lettres de ce genre, comme vous pouvez l'imaginer. Et elles ne me donnent pas de plaisir, croyez-moi.

LE POÈTE : C'est mieux que rien. (*Un temps*) Mieux que le silence.

L'ÉDITEUR : Vous croyez sérieusement pouvoir renverser ma décision ?

LE POÈTE : Ce n'est pas impossible.

L'ÉDITEUR : Peine perdue !

LE POÈTE (*haussant la voix*) : Non.

L'ÉDITEUR : Personne n'a jamais réussi à me troubler. Pas même ma femme ! Je veux parler de mon ex-femme.

LE POÈTE : Ma qualité la plus grande est sans aucun doute l'obstination.

L'ÉDITEUR (*un peu arrogant*) : La mienne aussi, figurez-vous !

LE POÈTE : Et l'imagination.

L'ÉDITEUR : Tant mieux pour vous.

LE POÈTE : Vous n'avez pas vraiment lu mon travail, j'en suis certain.

L'ÉDITEUR : Vous me faites perdre mon temps.

LE POÈTE : Lequel est le plus précieux ? Le vôtre ou le mien ?

L'ÉDITEUR (*d'un ton sec*) : Le mien. Je suis plus âgé que vous.

LE POÈTE (*d'un ton mélancolique*) : Je ne suis plus très jeune, moi non plus.

L'ÉDITEUR : Venons-en au but !

LE POÈTE : Vous savez bien ce que je veux.

L'ÉDITEUR (*expression de méfiance*) : Vous essayez de m'influencer.

LE POÈTE : Ce matin, je me suis levé très tôt ! (*Un temps*) Je me suis mis à écrire avec une sorte de rage fébrile !

L'ÉDITEUR : Pourquoi me dites-vous cela ?

LE POÈTE : J'écris tous les jours. Je n'arrête pas. (*Un temps*) Je n'ai rien d'autre dans ma vie. Ni famille, ni argent, ni…

L'ÉDITEUR (*interrompant le poète*) : Vous avez un travail ?

LE POÈTE : Je donne quelques cours pour survivre. (*Un temps*) Le minimum vital.

L'ÉDITEUR : Vous n'êtes pas le seul dans votre cas, je vous prie de me croire.

LE POÈTE : On n'est jamais le seul dans son cas. (*Un temps*) Le prisonnier n'est jamais seul en prison, le malade n'est jamais seul à l'hôpital, le mourant n'est jamais seul à mourir en ce monde.

L'ÉDITEUR : Et je ne suis pas le seul éditeur dans cette ville.

LE POÈTE : Non plus !

L'ÉDITEUR : Quelque part, on se comprend, malgré les apparences.

LE POÈTE : Pourquoi alors vous intéressez-vous à mon travail ?

L'ÉDITEUR (*sourire ironique*) : J'ai trouvé certaines qualités à votre manuscrit. C'est incontestable. (*Un temps*) Un ton assez singulier. Quelques métaphores surprenantes…ou disons…inédites.

LE POÈTE (*regardant l'éditeur dans le blanc des yeux pendant un long moment*) : J'aurais préféré que vous le détestiez dès le début.

L'ÉDITEUR : Je voulais vous encourager. Vous pousser à continuer.

LE POÈTE : Continuer à écrire pour qui ? (*Un temps*) Pour les murs ? (*haussant le ton*) J'en ai assez d'écrire pour les murs.

L'ÉDITEUR (*d'un ton sarcastique*) : Les murs ont des oreilles.

LE POÈTE (*haussant le ton*) : Non ! Ils n'ont ni yeux ni oreilles !

L'ÉDITEUR : Vous êtes trop négatif. Il faut penser positivement.

LE POÈTE : Penser positivement à quoi ?

L'ÉDITEUR : À vos succès futurs. (*Un temps*) Je suis convaincu que vous finirez par trouver acquéreur un jour ou l'autre.

LE POÈTE (*avec une expression de découragement*) : Où ? Et quand ?

L'ÉDITEUR (*avec un large sourire*) : Dans un avenir proche.

LE POÈTE (*ton ironique*) : Vous voulez me laisser des illusions.

L'ÉDITEUR : Bien évidemment !

LE POÈTE : Qu'est-ce que ces illusions pourraient changer à ma situation ?

L'ÉDITEUR : Elles vous permettront de vivre. (*Un temps*) Tout simplement.

LE POÈTE : Mais je vis !

L'ÉDITEUR : Certes.

LE POÈTE : Là n'est pas la question.

L'ÉDITEUR (*s'arrêtant de tourner autour de la chaise*) : Votre vie est dans les mots. Nulle part ailleurs ! (*Un temps*) Je le sens.

LE POÈTE : Mais non, vous ne sentez rien. Vous êtes comme tous les autres.

L'ÉDITEUR (*avec un air de surprise*) : Comme tous les autres ?

LE POÈTE : Oui. Comme tous ceux qui ne lisent pas mes mots.

L'ÉDITEUR (*avec une moue de dégoût*) : Vous êtes un ingrat.

LE POÈTE : Un ingrat ? Que m'avez-vous donné ? Je voudrais bien le savoir.

L'ÉDITEUR : Une partie de mon temps (*Un temps*) Et mon temps est précieux.

LE POÈTE (*méfiant*) : Vous vous moquez de moi.

L'ÉDITEUR (*d'un ton sec*) : Pas du tout !

LE POÈTE : Vous mentez !

L'ÉDITEUR : Non.

LE POÈTE : Peu importe, j'ai perdu tout espoir. (*Un temps*) Je ne crois plus en rien.

L'ÉDITEUR : Vous avez tort. Profondément tort !

LE POÈTE (*haussant le ton*) : Je n'aime pas les prometteurs de beaux jours.

L'ÉDITEUR : Je n'en suis pas un.

LE POÈTE : Dites-moi plutôt que je n'ai aucun talent. À vrai dire, je serais soulagé. (*Un temps*) Comme délivré d'un lourd fardeau.

L'ÉDITEUR : Je ne le pense pas. Je vous l'ai déjà dit.

LE POÈTE (*désignant les manuscrits sur la pile*) : Et eux, avaient-ils du talent ?

L'ÉDITEUR : Certains oui, je dois bien l'avouer.

LE POÈTE : Alors pourquoi les avoir refusés ?

L'ÉDITEUR : Pour des raisons financières, essentiellement. La dure loi de la vie, comme vous le savez bien. L'argent !

LE POÈTE : Alors, ma parole ne vaut-elle pas le moindre sou ?

L'ÉDITEUR : C'est excessif. (*Un temps*) Disons qu'elle ne vaut pas assez. (*Un temps*) Ce qui ne veut pas dire qu'elle ne vaille rien.

LE POÈTE : Vous êtes si rationnel. J'en suis confondu.

L'ÉDITEUR : La raison a ses raisons que le cœur ne connaît point.

LE POÈTE (*d'un ton ironique*) : Je ne vous savais pas philosophe.

L'ÉDITEUR : Je ne le suis pas. Je n'ai jamais prétendu l'être.

LE POÈTE : Combien de paroles étouffées ? (*Un temps*) D'histoires tues ? (*Un temps*) On ne pourra jamais les compter toutes.

L'ÉDITEUR : Ils s'exprimeront autrement. Ils trouveront une autre voie.

LE POÈTE : Comment ?

L'ÉDITEUR : Dans des journaux, dans la rue. Je ne sais pas, ils prendront un micro.

LE POÈTE : Mais leurs mots écrits ?

L'ÉDITEUR : Il y en a beaucoup trop, de nos jours. On en est saturé ! Il faut en jeter. On ne peut pas tous les garder.

LE POÈTE : Mais lesquels jeter ? (*Un temps*) Lesquels garder alors ?

L'ÉDITEUR (*d'un ton cassant*) : Ce n'est pas à vous de décider !

LE POÈTE : Pourquoi pas moi ? (*Un temps*) Pourquoi vous ?

L'ÉDITEUR : Regardez ces piles ! Je croule sous tous ces mots.

LE POÈTE : Vous faites un travail de fossoyeur. Vous enterrez les mots des autres.

L'ÉDITEUR (*contemplant les étagères pleines de livres devant lui*) : Je ne suis pas un fossoyeur ! (*Un temps*) Je trie, un point c'est tout.

LE POÈTE : Il n'y a jamais trop de mots écrits.

L'ÉDITEUR : Mais si, avouez-le ! La plupart sont inutiles. (*Un temps*) Du bavardage !

LE POÈTE : Vous aimeriez que les gens restent silencieux ?

L'ÉDITEUR : Parfois.

LE POÈTE (*baissant la voix*) : Et s'ils avaient quelque chose à dire ? (*Un temps*) Pourriez-vous les empêcher de le dire ?

L'ÉDITEUR (*ton ferme*) : Je ne me gênerais pas pour le faire.

LE POÈTE (*insistant*) : Vous auriez malgré tout la conscience tranquille ?

L'ÉDITEUR (*hochant la tête*) : Absolument !

LE POÈTE (*se levant de sa chaise*) : Je n'aurais jamais dû écrire. (*Un temps*) J'aurais dû mener une vie normale. Avec un travail et une famille.

L'ÉDITEUR : Mais non, croyez-moi, vous avez un destin particulier !

LE POÈTE : Je voudrais pouvoir décider de mon propre sort. Qu'il ne soit pas entre les mains des autres. De vous !

L'ÉDITEUR : Ce n'est qu'une partie de vous-même.

LE POÈTE : Mais non, c'est tout !

L'ÉDITEUR : Pas de grands mots ! Ils ne vous conviennent pas !

LE POÈTE (*ironique*) : Vous n'aimez que les petits ?

L'ÉDITEUR : Les mots à hauteur d'homme.

LE POÈTE : À votre hauteur ?

L'ÉDITEUR : Je ne suis pas si petit.

LE POÈTE : Vous maniez bien l'ironie. C'est un moyen de vous défiler ! (*Un temps*) D'esquiver les vraies réponses.

L'ÉDITEUR : Je n'esquive pas. Je dédramatise ! (*Il tend les mains devant lui, comme s'il voulait dire au poète de se calmer*) Tout va bien ! (*Un temps*) Tout va bien !

LE POÈTE : Madame la Marquise…

L'ÉDITEUR : Je ne possède aucun titre aristocratique. (*Un temps*) Il va sans dire que vous vous trompez de sexe.

LE POÈTE : Et moi, je me suis trompé de vie.

L'ÉDITEUR (*Haussant les épaules*) : Voyons !

LE POÈTE : J'aurais dû être fonctionnaire, ou médecin, ou… (*il hésite*)

L'ÉDITEUR (*d'un ton sarcastique*) : Éditeur ?

LE POÈTE : Non. Je ne pourrais pas rejeter les gens de cette manière. (*Un temps*) Les juger froidement. Je n'en ai pas le tempérament.

L'ÉDITEUR : On s'habitue à tout.

LE POÈTE : Le bourreau s'habitue au sang et à la mort, je sais !

L'ÉDITEUR (*d'une voix faussement suave*) : Je ne suis pas votre bourreau ! (*Un temps*) Je suis votre lecteur. (*Un temps*) C'est un rôle plus modeste.

LE POÈTE : Pourquoi donc l'homme juge-t-il l'homme ? Pourquoi ne fait-il que cela ?

L'ÉDITEUR (*d'un ton arrogant*) : Pourquoi devrais-je vous répondre ?

LE POÈTE : Vous n'avez pas le droit de me juger de cette manière. Personne n'en a le droit. (*Un temps*) Vous ne m'êtes pas supérieur.

L'ÉDITEUR (*les mains derrière le dos*) : Je n'ai jamais prétendu l'être.

LE POÈTE : Vous agissez comme tel.

L'ÉDITEUR : Je remplis la tâche qui m'est impartie, un point c'est tout.

LE POÈTE : Je n'aime pas votre calme. Votre fausse sérénité. Elle m'insulte.

L'ÉDITEUR (*d'un ton de reproche*) : Vous me semblez bien nerveux.

LE POÈTE : Trop facile. Tout est trop facile, pour vous !

L'ÉDITEUR : Mon travail est bien plus compliqué que vous ne le pensez.

LE POÈTE (*à lui-même*) : Que faire maintenant ?

L'ÉDITEUR : Pensez à autre chose ! Détendez-vous !

LE POÈTE : À quoi ?

L'ÉDITEUR (*en riant*) : À rien, précisément ! (*Un temps*) Soyez léger, insouciant !

LE POÈTE (*moue amère*) : Comment voulez-vous que je sois léger ?

L'ÉDITEUR : Comme une plume.

LE POÈTE : Une plume ?

L'ÉDITEUR : D'oiseau… (*Long silence*) Vous aurez même l'impression de voler.

LE POÈTE : Vous vous moquez de moi…encore.

L'ÉDITEUR : Mais non !

LE POÈTE (*avec une moue un peu amère*) : Je suis pratiquement certain que vous ne vous rappelez même pas le titre de mon manuscrit.

L'ÉDITEUR : Voyons ! (*Il cherche, hésitant longtemps*) le… le…

LE POÈTE : C'est un la.

L'ÉDITEUR (*se tournant vers le poète*) : Pardon ?

LE POÈTE : C'est un la, je vous le dis !

L'ÉDITEUR : Oui… (*Un temps*) La parole… la parole…

LE POÈTE : Bien.

L'ÉDITEUR : Et le silence !

LE POÈTE (*applaudissant, ironique*) : Bravo !

L'ÉDITEUR (*avec un large sourire aux lèvres*) : J'ai encore de la mémoire.

LE POÈTE : Je vous l'accorde.

L'ÉDITEUR (*réfléchissant à nouveau*) : Mais pourquoi le silence ?

LE POÈTE : Parce que… (*Un temps*) Parce que le silence m'intéresse.

L'ÉDITEUR : Moi pas ! J'ai peur du silence. Il me donne des frissons.

LE POÈTE : Peur ?

L'ÉDITEUR (*hochant la tête*) : Oui ! Peur ! Comme je vous le dis.

LE POÈTE : Le silence n'a jamais tué personne. Ni mangé personne.

L'ÉDITEUR : J'ai besoin de bruit…de bruit ! (*Un temps*) La télévision…la radio dans la voiture (*Un temps*) Les conversations sur le portable. (*Un temps*) Ça n'arrête pas ! Ça ne doit pas s'arrêter !

LE POÈTE : Même pas une pause ? Une simple pause ?

L'ÉDITEUR : Pas le temps !

LE POÈTE : Pourquoi n'arrêtez-vous pas de dire : 'pas le temps' ?

L'ÉDITEUR : Parce que je n'ai pas le temps ! C'est clair, non !

LE POÈTE : Mais vous avez le temps de regarder la télévision. De passer des heures à bavarder au téléphone. À consulter votre ordinateur. Le temps de perdre votre temps.

L'ÉDITEUR : Vous vous trompez. Ce n'est pas du temps perdu. Cela fait partie de ma journée de travail. De mes activités professionnelles.

LE POÈTE : Vous avez droit à vos illusions. (*Un temps*) Et moi aussi, j'ai droit aux miennes.

L'ÉDITEUR : C'est la démocratie. (*Un temps*) On ne peut rien y faire !

LE POÈTE : Pourquoi dites-vous ce mot ? (*Un temps*) Pourquoi ?

L'ÉDITEUR : Parce que j'ai le droit de regarder la télévision quand je le veux ! (*Un temps*) Et de parler sur mon portable aussi longtemps que je le veux ! (*Un temps*) Et de consulter l'Internet quand je le veux !

LE POÈTE (*en lui-même*) : J'aimerais avoir le droit à un peu de vide… juste un peu.

L'ÉDITEUR : Vous me fatiguez !

LE POÈTE : Moi, c'est tout ce bruit qui me fatigue. Ce brouhaha. Ce flot de paroles qui se ressemblent toutes. (*Un temps*) Qui ne disent plus rien. (*Un temps*) Toutes ces voix superposées. (*Un temps*) Confondues les unes avec les autres.

L'ÉDITEUR (*haussant la voix*) : Taisez-vous !

LE POÈTE (*un peu ironique*) : Je croyais que vous aimiez la démocratie ?

L'ÉDITEUR (*surpris*) : Moi ?

LE POÈTE : Vous voulez m'empêcher de parler. (*Un temps*) Avouez-le !

L'ÉDITEUR : Non !

LE POÈTE : Alors… (*Un temps*) Laissez-moi au moins mon silence… (*Un temps*) Un espace pour le silence. (*Un temps*) Mon espace.

L'ÉDITEUR : D'accord !

LE POÈTE : Au lieu de ce remplissage permanent… (*Un temps*) De ce bouche-trou perpétuel.

L'ÉDITEUR : Votre titre n'est pas bon. C'est tout !

LE POÈTE : Pourquoi ?

L'ÉDITEUR : Il n'est pas bon.

LE POÈTE : Et si j'enlevais le silence ?

L'ÉDITEUR : Pour mettre quoi à la place ?

LE POÈTE : Rien !

L'ÉDITEUR : Non ! Il faut mettre quelque chose.

LE POÈTE : Mais quoi ?

L'ÉDITEUR (*hésitant)* : Je ne sais pas, moi.

LE POÈTE : Moi non plus, je ne sais pas !

L'ÉDITEUR : Tant pis pour vous !

LE POÈTE (*s'asseyant à nouveau sur la chaise*) : La parole debout !

L'ÉDITEUR (*ton ironique*) : Mais vous êtes assis. (*Un temps*) Pas de doute là-dessus !

LE POÈTE : Et alors ?

L'ÉDITEUR : Alors, restez debout !

LE POÈTE : C'est un ordre ?

L'ÉDITEUR : Non, c'est une suggestion. Ou un conseil.

LE POÈTE : Je ne vous obéirai pas.

L'ÉDITEUR : Vous jouez au rebelle ?

LE POÈTE : Oui.

L'ÉDITEUR : Vous avez tort.

LE POÈTE : Vous n'avez pas raison.

L'ÉDITEUR (*se rapprochant du poète et le fixant droit dans les yeux*) : Vous êtes un obstiné. Un têtu. (*Un temps*) Soyez souple ! Ayez le sens du compromis ! (*Un temps*) Cela vous mènera loin !

LE POÈTE (*esquivant le regard de l'éditeur*) : Vous me parlez comme si j'étais un enfant. (*Un temps*) Vous ne me traitez pas comme un égal.

L'ÉDITEUR : La rébellion vous perdra. Vous détruira.

LE POÈTE : Qui vivra verra.

L'ÉDITEUR : Soyez comme tout le monde ! (*Un temps*) Apprenez donc à obéir ! À vous taire ! Conformez-vous !

LE POÈTE : Jamais !

L'ÉDITEUR : Vous voulez l'exception, mais c'est la règle qui mène le monde.

LE POÈTE : Quelle règle ?

L'ÉDITEUR : Regardez autour de vous !

LE POÈTE : Regardez quoi ? La médiocrité ?

L'ÉDITEUR : Elle est bienheureuse.

LE POÈTE : Je ne veux pas être un médiocre.

L'ÉDITEUR : Ce sont eux qui ont le pouvoir. Ce sont eux dont on parle de nos jours dans les journaux et à la télévision.

LE POÈTE : Ce sont des usurpateurs. (*Un temps*) Le monde est plein d'usurpateurs.

L'ÉDITEUR : Ouvrez les yeux !

LE POÈTE : Ils conduisent le monde vers le gouffre.

L'ÉDITEUR : C'est ce que l'homme aime. La médiocrité.

LE POÈTE : Pas moi !

L'ÉDITEUR (*haussant les épaules*) : Vous, tout le monde s'en fiche !

LE POÈTE (*interloqué*) : On s'en…

L'ÉDITEUR (*criant*) : Tout le monde s'en fiche. (*Un temps*) de vous !

LE POÈTE : Ne parlez pas si fort !

L'ÉDITEUR (*continuant d'une voix forte*) : Vous n'existez pas ! (*Un temps*) Vous n'avez jamais existé ! Personne ne connaîtra jamais la nature de vos sentiments. De vos émotions. (*Un temps*) De vos pensées.

LE POÈTE : Au moins, vous admettez que j'en ai.

L'ÉDITEUR : Vous n'avez jamais existé !

LE POÈTE (*ironique*) : Merci.

L'ÉDITEUR : Sinon en rêves.

LE POÈTE (*se touchant le visage*) : Ma peau existe, pourtant, je la touche...j'ai toute la liberté de la toucher.

L'ÉDITEUR : Moi aussi, je peux toucher ma peau. (*Il se caresse le visage, imitant le geste du poète*)

LE POÈTE : Et mes mots, ils n'existent pas ? Ils ne sont pas de ce monde ?

L'ÉDITEUR : Non. (*Un temps*) À peine.

LE POÈTE (*d'un ton ferme*) : Ils existent, puisque je les ai écrits.

L'ÉDITEUR : À peine, je vous dis !

LE POÈTE : C'est mieux que rien.

L'ÉDITEUR (*d'un ton cassant*) : Vous pouvez garder votre silence.

LE POÈTE : Vous avez peur d'autre chose que du silence…de quelqu'un… (*Un temps*) De moi peut-être ?

L'ÉDITEUR (*se tournant vers le poète*) : De vous ? Non.

LE POÈTE : Du temps ? Du temps qui fuit trop vite ?

L'ÉDITEUR (*haussant le ton*) : Non.

LE POÈTE (*d'une voix plus dure*) : Vous n'êtes pas maître du temps. (*Un temps*) Vous êtes peut-être maître de mes mots, mais pas du temps.

L'ÉDITEUR (*tendant le bras en direction de la porte*) : Disparaissez !

LE POÈTE : Que voulez-vous dire ?

L'ÉDITEUR (*insistant*) : Disparaissez !

LE POÈTE : Il n'y a que la vérité qui blesse. (*Un temps*) Vous me donnez cet ordre parce que vous savez que je vous ai dit la vérité.

L'ÉDITEUR : Vous ne me connaissez pas.

LE POÈTE : Un peu, malgré tout.

L'ÉDITEUR (*ton de regret*) : Je n'aurais jamais dû vous laisser entrer.

LE POÈTE : Le mal est fait.

L'ÉDITEUR (*ton menaçant*) : Je pourrais appeler le service de sécurité.

LE POÈTE : La police ? Mais je n'ai commis aucun crime.

L'ÉDITEUR : Vous êtes un intrus. Vous n'avez pas votre place ici ! (*Un temps*) Vous n'êtes pas un de nos auteurs !

LE POÈTE : Où ai-je ma place alors ?

L'ÉDITEUR : Dehors !

LE POÈTE : À la rue ?

L'ÉDITEUR : Où vous voulez. Mais pas ici !

LE POÈTE (*d'un ton ironique*) : Elle est belle, votre démocratie !

L'ÉDITEUR : Ce n'est pas moi qui l'ai inventée.

LE POÈTE : Vous ne croyez en rien. Vous n'avez pas de foi. (*Un temps*) C'est ça votre problème.

L'ÉDITEUR : Vous êtes libre de sortir.

LE POÈTE : Ce n'est pas une vraie liberté. (*Un temps*) libre… libre…je déteste ce mot.

L'ÉDITEUR : Libre d'aller voir ailleurs !

LE POÈTE : Un jour, j'aurai aussi le droit à la parole…le droit de dire : 'sortez !' Le droit de dire non aux autres.

L'ÉDITEUR (*tournant à nouveau autour de la chaise sur laquelle le poète est assis*) : Je vais vous rendre la vie impossible. (*Un temps*) Vous serez bien obligé de quitter ce bureau.

LE POÈTE : Je résiste.

L'ÉDITEUR : Vous vous croyez plus fort que moi. Vous vous trompez.

LE POÈTE (*d'un ton de voix ferme*) : Non. Je pense que j'ai raison.

L'ÉDITEUR (*haussant le ton avec une expression de dédain*) : Raison de quoi ? D'écrire vos divagations ? Vos absurdités ?

LE POÈTE : Mes mots font sens.

L'ÉDITEUR : Pour vous sans doute, mais pas pour moi.

LE POÈTE : Je résisterai encore. (*Un temps*) Je n'ai rien d'autre à faire aujourd'hui, de toute façon. (*Un temps*) Je suis tenace.

L'ÉDITEUR : Votre langage ne sert à rien. Votre langage est inutile.

LE POÈTE (*agressif*) : Et vous, votre langage, il vous sert à quoi ?

L'ÉDITEUR : À vous mettre à la porte.

LE POÈTE : Je vais partir, rassurez-vous.

L'ÉDITEUR (*indiquant la porte de sortie)* : Maintenant !

LE POÈTE : Accordez-moi encore quelques instants pour m'expliquer ! J'ai besoin d'un peu plus de temps.

L'ÉDITEUR (*criant*) : Non. Je n'ai pas besoin de vos explications. (*Un temps*) J'en ai eu assez !

LE POÈTE : Vous avez été injuste.

L'ÉDITEUR : Je me fous de la justice !

LE POÈTE : Votre langage se dérègle de plus en plus.

L'ÉDITEUR (*se précipitant vers la pile de manuscrits disposée à côte du bureau*) : Je vais vous rendre votre manuscrit. Je suis gentil.

LE POÈTE (*d'un ton ironique*) : Vous me faites une fleur.

L'ÉDITEUR (*cherchant le manuscrit du poète*) : 'La parole et le silence'…le voilà ! (*il saisit le manuscrit et le tend au poète*) Prenez-le !

LE POÈTE : Je n'en veux plus.

L'ÉDITEUR (*air surpris*) : Vous n'en voulez plus ?

LE POÈTE : Jetez-le à la corbeille ! Déchirez-le ! Allez-y !

L'ÉDITEUR : Pourquoi ?

LE POÈTE : Je n'en ferai rien, de toute façon.

L'ÉDITEUR : Moi, je n'en ferai rien, mais vous ?

LE POÈTE : Il est trop tard (*Voix basse et grave*) J'ai échoué… (*Un temps*) Je dois reconnaître l'évidence.

L'ÉDITEUR : Je n'ai pas dit ça.

LE POÈTE : Peu importe.

L'ÉDITEUR (*ton conciliant*) : Prenez-le tout de même !

LE POÈTE (*saisissant son manuscrit après un long moment d'hésitation*) : Je vais le relire…effectuer des changements.

L'ÉDITEUR : Faites ce que vous voulez ! Il est à vous.

LE POÈTE : À moi (*d'une voix résignée*) C'est bien là le problème. (*Un temps*) Je ne voulais pas qu'il soit à moi.

L'ÉDITEUR (*posant sa main sur l'épaule du poète*) : À la prochaine… (*Un temps*) Ne perdez pas courage !

LE POÈTE (*ironique*) : Vous êtes si gentil.

L'ÉDITEUR : Je compatis. (*Un temps*) Croyez-moi ! (*Un temps*) Je me mets à votre place.

LE POÈTE (*d'un ton sec*) : Je ne vous crois pas. (*Un temps*) Mais je m'en vais.

L'ÉDITEUR (*souriant*) : Excellente idée !

LE POÈTE (*se levant lentement de sa chaise*) : J'ai été vaincu. (*Un temps*) Je me sens las. Sans forces. (*Un temps*) Comme mort.

L'ÉDITEUR (*prenant le bras du poète pour l'aider à sortir de son bureau*) : Un jour, on vous lira.

LE POÈTE : Un jour…

L'ÉDITEUR : Oui, un jour !

LE POÈTE : Quand ? Quel jour ?

L'ÉDITEUR (*s'arrêtant à hauteur de la porte d'entrée*) : Il est temps ! (*Un temps*) Tout cela a assez duré.

LE POÈTE (*il se met à déchirer les pages de son manuscrit devant l'éditeur*) : Voilà. C'est fini.

L'ÉDITEUR : Vous êtes fou. (*Un temps*) Vous ne savez pas ce que vous êtes en train de faire.

LE POÈTE (*continuant à déchirer méthodiquement les pages de son manuscrit*) : Pas le moins du monde.

L'ÉDITEUR : Vous regretterez ce geste.

LE POÈTE : Non. (*d'un ton ironique*) Je suis libre de déchirer ces pages… (*Un temps*) libre de… (*Un temps*) de ne pas vous serrer la main.

L'ÉDITEUR (*Voix forte*): Assez !

LE POÈTE (*Il ouvre la porte et jette le manuscrit loin derrière lui, d'un ample mouvement du bras*) : Plus de parole ni de silence.

L'ÉDITEUR : C'est votre choix à vous.

LE POÈTE (*haussant le ton*) : J'y ai été poussé malgré moi.

L'ÉDITEUR (*désignant la porte d'un geste ostentatoire*) : La porte !

LE POÈTE : Plus de…

L'ÉDITEUR : De quoi ?

LE POÈTE : Plus de moi… (*Un temps*) de mots…

L'ÉDITEUR (*Il se courbe pour ramasser le manuscrit et le jette à la corbeille*) : Un de moins ! (*sarcastique*) Dix de retrouvés !

LE POÈTE (*tournant maintenant le dos à l'éditeur*) : Plus de voix. (*Un temps*) (*Voix enrouée*) Plus de voix à écouter. (*Un temps*) À entendre.

L'ÉDITEUR (*contemplant la pile de manuscrits devant lui*) : Demain… (*Un temps*) Demain d'autres mots…

Les lumières s'éteignent lentement. On entend la porte du bureau se refermer. La silhouette immobile de l'éditeur apparaît à côté d'une pile de manuscrits. Il est maintenant seul sur scène. On perçoit ses soupirs. Il éteint alors la lampe posée près de lui. Un faisceau de lumière se braque sur la corbeille dans laquelle on peut voir le manuscrit déchiré du poète.

ACTE II

Même décor que pour l'acte I. On peut voir l'éditeur couché sur le divan, en train de somnoler. De nombreux manuscrits sont dispersés sur le sol, aux quatre coins de la scène. Une jeune femme vêtue d'un tailleur est assise devant le bureau et tape à grande vitesse un texte sur un ordinateur portable. Une cigarette allumée repose sur le cendrier placé à côté d'elle.

L'ÉDITEUR (*d'une voix à peine audible*) : Vous travaillez trop.

L'AMOUR : Je le fais pour vous.

L'ÉDITEUR : Cette lettre ne doit pas partir tout de suite (*Un temps*) Vous avez le temps.

L'AMOUR : Je ne veux pas attendre.

L'ÉDITEUR : L'impatience est un vilain défaut.

L'AMOUR : D'habitude, c'est vous qui me pressez.

L'ÉDITEUR (*souriant*) : Les habitudes sont faites pour être rompues.

L'AMOUR : C'est bien la première fois qu'on me reproche de travailler trop.

L'ÉDITEUR (*se tournant vers la jeune femme*) : Cette lettre doit être courte. Concise.

L'AMOUR : Je le sais.

L'ÉDITEUR : Un non est un non. (*Un temps*) Un oui est un oui.

L'AMOUR : Comme en amour ?

L'ÉDITEUR (*d'un ton cassant*) : Non. Comme en affaires.

L'AMOUR : Vous devez me faire confiance. Je ne vous décevrai pas.

L'ÉDITEUR (*souriant*) : Mais jc vous fais confiance !

L'AMOUR : Je passe des heures et des heures dans ce bureau. (*Un temps*) J'ai l'impression de vivre ici.

L'ÉDITEUR : Essayez d'avoir une autre vie !

L'AMOUR : J'essaye… (*Un temps*) Mais je n'arrive pas.

L'ÉDITEUR : Détendez-vous un peu ! (*Un temps*) Amusez-vous !

L'AMOUR (*saisissant la cigarette qui se trouve sur le cendrier et en tirant une bouffée*) : Je me suis remise à fumer. J'avais pourtant arrêté !

L'ÉDITEUR : C'est mauvais pour la santé.

L'AMOUR : Et le travail ? C'est bon pour la santé ?

L'ÉDITEUR : Je me porte plutôt bien. (*Un temps*) Et vous aussi.

L'AMOUR : J'ai un nouveau chat, vous savez.

L'ÉDITEUR (*surpris)* : Ah bon ?

L'AMOUR : Un chat siamois.

L'ÉDITEUR : Tant mieux pour vous. Il vous tiendra compagnie. Ce n'est pas comme moi.

L'AMOUR (*d'un air surpris*) : Vous ne me tenez pas compagnie ?

L'ÉDITEUR (*d'un ton ironique*) : Non. Je vous importune. Je vous donne toujours plus de travail.

L'AMOUR (*ton fataliste*) : C'est mieux que pas de travail du tout.

L'ÉDITEUR : Mais moi au moins, je vous parle. (*Un temps*) Alors que votre chat, lui, il ne vous parle pas.

L'AMOUR : Si, justement, les chats parlent ! Vous seriez étonné !

L'ÉDITEUR (*d'un air surpris*) : On en apprend tous les jours.

L'AMOUR : Il me dit : 'bonjour, au revoir, bonne nuit', même.

L'ÉDITEUR : Diable !

L'AMOUR (*continuant à fumer*) : Je vais à nouveau tousser beaucoup.

L'ÉDITEUR : Ça ne me dérange pas.

L'AMOUR : Qui était cet homme qui est resté dans votre bureau toute l'après-midi ? (*Un temps*) Il me semble l'avoir déjà vu ?

L'ÉDITEUR : Un auteur.

L'AMOUR : Il avait l'air contrarié.

L'ÉDITEUR (*d'un ton sec*) : Il l'est.

L'AMOUR (*avec une expression de curiosité sur le visage*) : Vous ne l'avez pas pris ?

L'ÉDITEUR : Non.

L'AMOUR : Pourquoi ?

L'ÉDITEUR (*après un moment de réflexion*) : Je n'aimais pas son texte.

L'AMOUR : Quel genre ?

L'ÉDITEUR : Poésie.

L'AMOUR : Quel genre de poésie ?

L'ÉDITEUR : Très compliquée. (*Un temps*) Impossible à comprendre.

L'AMOUR : Vous auriez dû me la donner à lire.

L'ÉDITEUR : Vous ne l'auriez pas aimée non plus.

L'AMOUR : Qu'est-ce que vous en savez ?

L'ÉDITEUR : Je peux le deviner.

L'AMOUR : Vous croyez que je ne sais pas lire ? Vous me prenez pour une idiote ?

L'ÉDITEUR : Non. Pas du tout.

L'AMOUR (*haussant le ton de la voix*) : Je suis votre servante. (*Un temps*) Votre esclave. C'est tout ce que je suis pour vous !

L'ÉDITEUR : Moi aussi, je suis un esclave. Je suis l'esclave de moi-même.

L'AMOUR : C'est comme si j'étais attaché à vous par une chaîne.

L'ÉDITEUR : Pourquoi ce ton de reproche ? Je vous paye, non ?

L'AMOUR : Comme si cela suffisait !

L'ÉDITEUR : Des employées comme vous, il y a en a des centaines sur le marché. Et elles sont toutes prêtes à travailler autant que vous.

L'AMOUR : Je sais. Ma situation ne tient qu'à un fil. Je ne devrais pas parler ainsi.

L'ÉDITEUR : Exact.

L'AMOUR (*écrasant sa cigarette dans le cendrier*) : Et si j'étais unique ? (*Un temps*) Et si j'avais quelque chose d'unique en moi ?

L'ÉDITEUR : Peut-être.

L'AMOUR (*d'une voix douce*) : Quelque chose qui n'appartiendrait qu'à moi. Quelque chose qui me définirait aux yeux des autres.

L'ÉDITEUR : Possible.

L'AMOUR : Une qualité propre.

L'ÉDITEUR : Cela doit exister.

L'AMOUR (*s'arrêtant un moment de taper son texte sur l'ordinateur*) : Vous m'avez dit que je tapais plus vite que n'importe qui ?

L'ÉDITEUR : C'est exact. La plus rapide sur deux cents candidates. (*Un temps*) J'ai chronométré. (*Un temps*) Une performance exceptionnelle.

L'AMOUR : Et quoi d'autre ?

L'ÉDITEUR (*réfléchissant*) : Quoi d'autre ? Rien ! Mais c'est déjà beaucoup !

L'AMOUR : Et vous ? (*Un temps*) Quelle est votre qualité principale ?

L'ÉDITEUR : Je lis très vite. (*Un temps*) J'ai une très bonne vue.

L'AMOUR : Meilleure que celle de deux cents autres éditeurs ?

L'ÉDITEUR : Possible.

L'AMOUR : Pourquoi ne dites-vous pas : 'impossible' ?

L'ÉDITEUR : Impossible !

L'AMOUR : Bon… (*Un temps*) Où ai-je mis mon paquet ? (*Elle cherche ses cigarettes autour du bureau*)

L'ÉDITEUR : Il doit être dans votre sac à main.

L'AMOUR (*ironique*) : Merci de votre aide. (*Elle s'empare de son sac à qui se trouve à ses pieds*) Je suis un peu anxieuse, ces jours-ci.

L'ÉDITEUR (*ton de curiosité*) : Des soucis particuliers ? (*Un temps*) intimes…ou autres ?

L'AMOUR : Toujours les mêmes.

L'ÉDITEUR : Rien de nouveau sous le ciel gris, si je comprends bien. (*On entend quelqu'un frapper à la porte. L'éditeur se redresse subitement*) (*à la jeune femme*) Vous entendez ?

L'AMOUR (*se tournant vers la porte, une cigarette à la main*) : Vous attendez quelqu'un ?

L'ÉDITEUR : Moi ? Vous plaisantez !

L'AMOUR (*se levant de sa chaise*) : Je vais voir. (*Elle se rapproche de la porte et l'ouvre brusquement. On voit apparaître la silhouette du poète*) (*à l'éditeur*) C'est le monsieur de cet après-midi.

L'ÉDITEUR (*interloqué, se tenant maintenant debout*) : Quoi !?

LE POÈTE : Lui-même.

L'ÉDITEUR : À cette heure-ci ? Vous êtes fou !

LE POÈTE : Non. Je suis fou à toute heure du jour et de la nuit.

L'ÉDITEUR (*se rapprochant de la porte*) : Vous n'avez pas le droit !

LE POÈTE : La porte du rez-de-chaussée était ouverte. Je me suis permis.

L'ÉDITEUR : Vous cherchez des ennuis ?

LE POÈTE : Non. Je vous cherche.

L'ÉDITEUR (*ton ferme*) : Vous ne resterez pas longtemps ici !

L'AMOUR (*au poète*) : Entrez, je vous prie !

L'ÉDITEUR (*à la jeune femme*): Mais comment pouvez-vous ?

L'AMOUR (*insistant*) : Laissez-le vous parler !

L'ÉDITEUR : Il a déjà beaucoup trop parlé.

LE POÈTE : Vous préférez mon silence ? (*Un temps*) Je croyais que vous n'aimiez pas le silence !

L'ÉDITEUR : Bon. Asseyez-vous ! (*Il lui tend une chaise*).

LE POÈTE (*trébuchant sur un manuscrit*) : Que de manuscrits ! (*à la jeune femme*) Je m'appelle Jean.

L'AMOUR : Moi, c'est l'amour !

LE POÈTE : Pardon ?

L'AMOUR : C'est le prénom que mes parents m'ont donné. Je n'y peux rien.

LE POÈTE : Nous avons donc un point commun. Moi aussi, Jean, c'est le nom que mes parents m'ont donné !

L'ÉDITEUR (*haussant la voix*) : Assez !

LE POÈTE : Je n'ai pas de nom de plume. Pas encore !

L'AMOUR : Voulez-vous boire quelque chose ?

L'ÉDITEUR : C'est ça, enivrez-le ! L'alcool le fera dormir.

LE POÈTE : Je ne suis pas venu ici pour boire. (*Un temps*) Mais merci de me le proposer.

L'AMOUR : L'amour n'est pas mon nom de plume. (*Un temps*) J'écris le plus souvent des lettres d'acceptation et de refus.

LE POÈTE (*à la jeune femme*) : Pourquoi vos parents vous ont-ils donné ce prénom ?

L'AMOUR (*haussant les épaules*) : Je ne sais pas. (*Un temps*) J'ai dû être le fruit de leur amour, je suppose.

LE POÈTE (*d'un ton ferme et s'adressant à l'éditeur*) : Je ne veux pas rester sur un échec.

L'ÉDITEUR : Mais ce n'est pas un échec. C'est le hasard. La loterie de la vie. Tout le monde ne peut pas tirer le bon numéro.

LE POÈTE : Excuse facile !

L'ÉDITEUR : Un jour, la chance vous sourira. (*Un temps*) J'en suis convaincu.

LE POÈTE : Pourquoi aurais-je besoin de la chance ?

L'ÉDITEUR (*ironique, d'une voix faussement mielleuse*) : Le coup de pouce du destin.

LE POÈTE (*à la jeune femme, désignant l'éditeur*) : Il vous aime ?

L'AMOUR (*moue dubitative*) : Je ne sais pas ! (*son regard se tourne vers l'éditeur*)

L'ÉDITEUR : De toute façon, cela ne vous regarde pas !

LE POÈTE (*s'adressant à la jeune femme*) : Mais qui vous aime, alors ?

L'AMOUR : Je ne sais pas.

LE POÈTE : Vous ne savez donc rien ?

L'AMOUR : Non. (*Un temps*) Je ne sais pas !

LE POÈTE (*d'un ton ironique*) : Au moins, vous savez que vous ne savez pas !

L'AMOUR (*haussant les épaules*) : Je sais que je suis née et que je vais mourir un jour.

LE POÈTE : C'est déjà beaucoup.

L'AMOUR : Je ne sais pas.

L'ÉDITEUR (*d'un ton sec*) : Passons aux choses sérieuses !

LE POÈTE : Mais nous sommes sérieux ! C'est vous qui n'êtes pas sérieux !

L'ÉDITEUR : Vous me provoquez !

LE POÈTE (*à la jeune femme*) : À quoi pensez-vous, quand vous entendez votre prénom ?

L'AMOUR : Mon prénom ?

LE POÈTE (*souriant*) : Je veux dire le mot : 'amour'.

L'AMOUR : Je ne pense pas à moi…je pense à un visage, à un corps peut-être, à des mots, à des lettres rangées dans un tiroir, ou alors à une lumière…oui, une lumière !

LE POÈTE : Quelle lumière ?

L'AMOUR : Une lumière presque aveuglante… (*Un temps*) Je ne sais pas… (*Un temps*) elle perce la nuit…elle me fait mal aux yeux.

LE POÈTE : Moi aussi, je vois une lumière (*Un temps*) j'écris et je la trouve…au fond de moi… (*Un temps*) Tout au fond.

L'AMOUR (*la cigarette à la main*) : J'allais en allumer une.

LE POÈTE : Faites ! (*elle allume sa cigarette et en tire une longue bouffée*)

L'ÉDITEUR : Vos questions n'ont aucun sens.

LE POÈTE : Au moins, je pose des questions. (*Un temps*) C'est ce qui compte, poser des questions. (*Un temps*) Continuer à en poser.

L'ÉDITEUR : Je ne vous répondrai pas.

LE POÈTE : Je n'ai jamais dit que j'avais besoin de réponse.

L'ÉDITEUR (*voix forte*) : Mais de quoi avez-vous besoin alors ?

LE POÈTE : D'un peu plus de temps. C'est tout ! Juste un peu plus de temps.

L'ÉDITEUR : Vous dites n'importe quoi.

LE POÈTE (*se tournant vers la jeune femme*) : Et vous, de quoi avez-vous besoin ?

L'AMOUR (*après un moment d'hésitation*) : De savoir ce qui se passe. (*Un temps*) Je ne comprends pas ce qui se passe.

L'ÉDITEUR : Vous avez droit à votre petit enfer. Nous avons tous droit à notre petit enfer.

LE POÈTE : Je n'ai jamais parlé d'enfer. (*Un temps*) Ni de paradis !

L'AMOUR (*tentant de séparer les deux hommes qui se regardent en chiens de faïence*): Vous n'allez pas vous battre.

LE POÈTE : Non. Je ne me bats qu'avec les mots.

L'ÉDITEUR (*ironique*): Et moi, avec mes factures !

LE POÈTE (*à la jeune femme*) : Et vous, avez-vous envie de vous battre ?

L'AMOUR (*voix douce*) : Je ne sais pas.

LE POÈTE : Mais si, vous savez !

L'AMOUR : Non.

LE POÈTE : Vous avez déjà renoncé ? (*Un temps*) Vous êtes résignée ?

L'AMOUR (*tirant une nouvelle bouffée de sa cigarette*) : Non plus !

L'ÉDITEUR : Vous la harcelez ! Vous voyez bien qu'elle ne veut pas de vos questions.

LE POÈTE (*se mettant à genoux, avec une expression fatiguée du visage*) : Assez ! J'en ai assez, moi aussi !

L'ÉDITEUR (*d'un ton cassant*) : Tout le monde en a assez ! Moi comme vous. Ce n'est pas une raison pour vous comporter de cette manière.

LE POÈTE (*son visage s'illumine subitement*) : Pourtant, un espoir me reste…il frappe en moi…il respire.

L'AMOUR (*s'adressant au poète*) : Je ressens la même chose que vous.

LE POÈTE (*se tournant vers la jeune femme*) : Qu'est-ce que vous ressentez ?

L'AMOUR : L'attente du lendemain… (*Un temps*) la lumière de l'aube.

LE POÈTE : De l'aube ?

L'AMOUR (*d'une voix douce*) : Oui, de l'aube !

LE POÈTE : À travers le rideau ?

L'AMOUR : Oui, tout à fait ! (*Un temps*) À travers le rideau !

L'ÉDITEUR (*avec un regard soupçonneux*) : Vous êtes bien obscurs, tous les deux.

LE POÈTE : Non. Moi, je ne suis pas obscur. C'est le monde qui est obscur.

L'ÉDITEUR : Tout cela a duré trop longtemps.

LE POÈTE : Cela va bientôt se terminer.

L'AMOUR (*écrasant sa cigarette sous son pied*) : Moi, en tout cas, j'ai terminé ma cigarette.

L'ÉDITEUR (*regardant la jeune femme*) : C'est vrai. Il manque un cendrier.

LE POÈTE : C'est tout ce qu'il manque ?

L'ÉDITEUR (*haussant le ton de la voix*) : Oui, c'est tout ! Absolument tout !

LE POÈTE : Moi, j'ai l'impression qu'il manque beaucoup d'autres choses.

L'ÉDITEUR : Je ne vous comprends pas. Soyez-plus précis !

L'AMOUR (*s'adressant aux deux hommes en même temps*) : Vous n'allez pas recommencer.

L'ÉDITEUR : Recommencer quoi ?

L'AMOUR : Votre jeu.

LE POÈTE (*d'un ton ferme*) : Je ne joue pas ! Je ne joue jamais !

L'ÉDITEUR (*ramassant quelques manuscrits sur le sol et se tournant ensuite vers le poète*) : Il est trop tard. (*Un temps*) Désolé. (*Un temps*) Je ne peux plus rien pour vous.

LE POÈTE : Vous me parlez comme si j'étais un malade incurable.

L'ÉDITEUR : Presque.

LE POÈTE : Mais c'est vous qui êtes malade !

L'ÉDITEUR (*feuilletant distraitement un des manuscrits*) : Celui-là n'était pas mal. (*Un temps*) Un style assez intéressant, je dois dire.

LE POÈTE : Que vous ai-je fait pour que vous me fassiez souffrir ?

L'ÉDITEUR (*indifférent*) : Rien…absolument rien !

LE POÈTE (*se relevant soudain*) : Mais je parlerai. Je continuerai à parler.

L'ÉDITEUR : Personne ne vous en empêche.

LE POÈTE : Je m'exprimerai envers et contre tout.

L'ÉDITEUR : D'accord.

LE POÈTE : Votre pouvoir ne signifie rien. (*Un temps*) Il n'est que le pouvoir de dire non.

L'ÉDITEUR : C'est un grand pouvoir.

L'AMOUR : Je dois continuer à écrire ma lettre.

LE POÈTE : Non. Attendez un peu !

L'AMOUR (*un peu surprise*) : Pourquoi ?

LE POÈTE : J'ai un bandeau. Je voudrais que vous le nouiez autour de ma bouche. (*Il sort le bandeau de sa poche et le déplie*)

L'AMOUR : Un bandeau ?

LE POÈTE : Oui. Un bâillon, si vous préférez.

L'AMOUR : Mais… (*elle s'interrompt brusquement et hésite à saisir le bandeau*)

LE POÈTE (*tendant le bâillon à la jeune femme*) : Allez-y !

L'ÉDITEUR (*intrigué*) : Que manigancez-vous ?

LE POÈTE : Ne vous occupez-pas de nous ! (*le poète s'assied à nouveau sur la chaise. La jeune femme s'approche de lui et commence à nouer le bandeau autour de sa bouche*)

L’AMOUR (*s’adressant au poète*) : Ça va ? (*Le poète hoche de la tête*)

L’ÉDITEUR : Qu’est-ce que vous essayez de faire ? (*On entend le poète marmonner quelques mots à travers le bandeau*) Tout ça n’a aucun sens !

L’AMOUR (*désignant le poète*) : C’est son idée à lui. À lui seul !

L’ÉDITEUR (*contemplant le poète assis sur la chaise, un bandeau serré autour de sa bouche*) : Vous ne pouvez plus parler maintenant. (*Un temps*) Personne ne peut plus vous entendre.

L’AMOUR : On ne va pas le laisser ainsi pendant trop longtemps.

L’ÉDITEUR (*à la jeune femme*) : Enlevez ce bâillon ! Enlevez-le tout de suite !

L’AMOUR (*s’adressant au poète*) : Vous êtes d’accord ? (*le poète agite la tête pour dire non*)

L’ÉDITEUR (*haussant le ton*) : Ne lui demandez pas son avis !

L’AMOUR (*hésitante*) : Mais…il ne veut pas…

L'ÉDITEUR : Tant pis !

L'AMOUR (*commençant à dénouer le bandeau lentement*) : Je ne devrais pas.

L'ÉDITEUR (*insistant*) : Mais si !

L'AMOUR (*au poète*) : Voilà ! (*elle rend maintenant le bandeau dénoué au poète*)

LE POÈTE (*à l'éditeur*) : Vous avez vu ? (*Un temps*) Je suis l'homme bâillonné !

L'ÉDITEUR : Et alors ? Qu'est-ce que ça peut me faire ? C'est votre problème. Pas le mien !

LE POÈTE : C'est à cause de vous.

L'ÉDITEUR : Ne me rendez pas responsable !

LE POÈTE : Imaginez que vous ne puissiez plus parler. Imaginez que plus personne ne vous entende.

L'ÉDITEUR : Cela ne m'arrivera jamais ! Jamais !

LE POÈTE : Beaucoup d'autres sont dans mon cas. Beaucoup d'autres finissent dans la corbeille à papier.

L'ÉDITEUR : Pas de doute.

LE POÈTE : À la trappe !

L'ÉDITEUR (*haussant les épaules*) : C'est la vie.

LE POÈTE : Mais non, ce n'est pas la vie ! C'est la mort !

L'ÉDITEUR : Vous ne savez pas ce que vous dites.

LE POÈTE (*insistant*) : Si ! Je le sais trop bien. Ce bureau, Ces murs. Tout sent la mort, ici.

L'ÉDITEUR : Je n'ai jamais tué personne.

LE POÈTE : C'est ce que vous pensez.

L'ÉDITEUR (*haussant le ton*) : Non. C'est la vérité toute nue !

L'AMOUR : Je retourne à ma lettre. (*Elle s'assied devant l'ordinateur portable et recommence à taper son texte rapidement*)

LE POÈTE : Votre maison, ce n'est qu'une machine. Rien d'autre !

L'ÉDITEUR : Oui ! Et alors ?

LE POÈTE : Une usine.

L'ÉDITEUR : Cela doit marcher. Continuer à tourner !

LE POÈTE : Vous ne me regardez plus ! (*l'éditeur tourne maintenant le dos au poète*) Pourquoi ?

L'ÉDITEUR : La production est notre loi à tous.

LE POÈTE : Et si l'on s'arrêtait de produire ? Que se passerait-il ?

L'ÉDITEUR : Tout s'effondrerait comme un château de cartes.

LE POÈTE : Je ne vous crois pas.

L'ÉDITEUR (*d'un ton sec*) : Vous rêvez.

LE POÈTE : Moi aussi, je travaille !

L'ÉDITEUR : Je n'ai jamais prétendu le contraire ! Malheureusement, votre travail ne m'intéresse pas. Je ne peux pas le rentabiliser.

LE POÈTE : Pourquoi ? (*Un temps*) Mais pourquoi ?

L'ÉDITEUR : C'est une question de marché. C'est simple.

LE POÈTE : Tout est toujours simple, pour vous.

L'ÉDITEUR : Non, pas toujours !

L'AMOUR (*au poète*) : Vous ne le changerez pas !

LE POÈTE (*voix plus sourde*) : J'avais cru.

L'AMOUR : Moi aussi, j'ai essayé de le changer. En vain.

LE POÈTE : Un jour, peut-être.

L'AMOUR : Ce jour n'est pas pour demain, vous savez.

LE POÈTE (*voix douce, mais résolue*) : Un jour…

L'AMOUR : Cet homme vous tourne le dos. Vous ne le voyez pas ?

LE POÈTE : Si, je le vois ! Évidemment !

L'AMOUR : C'est sa façon de vous ignorer.

LE POÈTE : Je suis encore capable d'attirer son attention.

L'ÉDITEUR (*au poète*) : Vous pourriez continuer à parler pendant des heures, jusqu'au lever du jour.

LE POÈTE : Produire, mourir…produire, mourir…

L'ÉDITEUR : Vous délirez.

LE POÈTE : Tous vos livres, ce n'est que de la merde ! Un gros tas de merde !

L'ÉDITEUR (*Ironique*) : Merci du compliment.

LE POÈTE : Vous vous vautrez dedans. (*Un temps*) Avec complaisance !

L'ÉDITEUR : Je ne me vautre dans rien du tout. (*Un temps*) Je suis parfaitement propre.

LE POÈTE : Vous n'aimez même pas lire.

L'ÉDITEUR : Voudriez-vous vraiment être à ma place ? (*Un temps*) Sincèrement ?

LE POÈTE : J'aimerais pouvoir dire non aux autres.

L'ÉDITEUR : Refuser ?

LE POÈTE : Oui. Refuser !

L'ÉDITEUR : Le choix, c'est la liberté.

LE POÈTE : De quel choix parlez-vous ? (*Un temps*) C'est votre choix, pas le mien ! Je ne crois pas à votre liberté.

L'ÉDITEUR : Vous me harcelez.

LE POÈTE : Vous n'avez aucune audace. Vous n'aimez que les choix confortables. Ceux qui n'exigent pas le moindre risque !

L'ÉDITEUR : C'est faux !

LE POÈTE : Je ne suis pas célèbre. Je suis un anonyme. Un inconnu. (*Un temps*) La célébrité, c'est tout ce qui vous intéresse !

L'ÉDITEUR (*d'un ton cassant*) : Vous n'allez pas me donner des leçons.

LE POÈTE : Vous refusez toute aventure.

L'ÉDITEUR : Je me méfie de la perte.

LE POÈTE (*s'adressant à la jeune femme*) : Vous écrivez, vous aussi ?

L'AMOUR : Oui. De temps en temps.

LE POÈTE : Je m'en doutais. Un pressentiment.

L'AMOUR : Je tiens un journal.

LE POÈTE (*expression de curiosité sur le visage*) : Et que racontez vous, dans votre journal ?

L'AMOUR : Je parle de ma vie.

LE POÈTE (*insistant*) : Pourquoi tant de gens parlent-ils de leur vie ?

L'AMOUR : Je ne sais pas. Celle des autres, je ne la connais pas.

LE POÈTE : C'est quoi, votre vie ?

L'AMOUR : Des choses qui m'arrivent… (*Un temps*) des petites choses.

LE POÈTE : Par exemple ?

L'AMOUR : Hier soir, j'ai écrit un passage sur l'homme qui dort dans la rue devant chez moi. (*Un temps*) Je veux dire quelques pages.

LE POÈTE : Quel homme ?

L'AMOUR : Je ne connais pas son nom. Je ne lui ai jamais parlé.

LE POÈTE : Continuez !

L'AMOUR : Il doit avoir froid …et faim.

LE POÈTE : Pourquoi ne lui parlez vous pas ?

L'AMOUR : Cela viendra. J'en suis sûre.

LE POÈTE : La faim…le froid… (*Un temps*) notre faim… notre froid !

L'ÉDITEUR : Je ne savais pas que vous écriviez.

L'AMOUR : Je n'osais pas vous le dire.

L'ÉDITEUR : Vous auriez dû.

L'AMOUR : Je craignais votre jugement.

L'ÉDITEUR : Il ne faut pas craindre le jugement des autres.

LE POÈTE : Moi, je ne raconte pas d'histoires. (*Un temps*) Je ne crois plus aux histoires. (*Un temps*) J'écris des fragments…des morceaux…des bouts de langage.

L'AMOUR : Ce ne sont pas des histoires. (*Un temps*) C'est la réalité.

LE POÈTE : Je ne sais pas ce qu'est la réalité. C'est pour cela que je n'écris pas sur elle.

L'AMOUR : Moi non plus, je ne sais pas ce que c'est.

LE POÈTE : Il reste quelques sensations. (*Un temps*) Quelques images que je tente de garder en moi.

L'AMOUR : J'écris aussi sur ma rupture.

LE POÈTE : Votre rupture ?

L'AMOUR : Oui, ma rupture avec un homme ! (*Un temps*) Il y a quelques semaines seulement.

LE POÈTE : Pourquoi avez-vous rompu ?

L'AMOUR : Je ne m'entendais plus avec lui... (*Un temps*) Je m'étais trompé... (*Un temps*) J'avais cru un moment que notre histoire était possible.

LE POÈTE (*insistant*) : Vous n'écrivez jamais sur votre passé ?

L'AMOUR : Mon passé ?

LE POÈTE : Oui. L'homme qui dort dans votre rue, cet homme avec qui vous avez rompu. Ce n'est que votre présent.

L'AMOUR : Le présent est trop envahissant... on ne peut pas s'en débarrasser. (*Un temps*) il est si lourd à porter.

LE POÈTE : Parfois, je voudrais tellement que les mots n'existent plus. (*Un temps*) Qu'il n'y ait plus de langage.

L'AMOUR : Je ne vous comprends pas.

LE POÈTE (*haussant le ton*) : Les mots me tuent ! (*Un temps*) Ils m'épuisent !

L'AMOUR : Ils sont difficiles à saisir.

L'ÉDITEUR : Moi aussi, je suis épuisé ! (*Un temps*) L'épuisement est notre état perpétuel.

LE POÈTE : Et pourtant, je crois encore à un 'nous'…

L'AMOUR : Un 'nous' ?

LE POÈTE : Quelque chose d'autre que moi…ou que vous…que l'autre…quelque chose entre moi et vous…

L'AMOUR : Comme quoi ?

LE POÈTE : Comme le ciel…qui nous appartient à nous tous…qui est le même pour nous tous.

L'AMOUR : Vous voulez parler de la nature !?

LE POÈTE : Peut-être.

L'AMOUR (*d'une voix douce*) : Elle me semble si loin de moi, là où je vis.

LE POÈTE : Je voulais parler de ce qui nous appartient. (*Un temps*) De ce qu'on ne pourra jamais nous prendre.

L'AMOUR : Vous avez dit : 'peut-être.' Vous doutez, alors ?

LE POÈTE : Oui… (*Un temps*) C'est pour cela que je ne pourrais jamais dire : 'non' !

L'AMOUR : Moi, je ne dis pas : 'non' non plus !

LE POÈTE : Vous me ressemblez.

L'AMOUR : Pourtant, nous n'avons pas le même visage. (*Un temps*) Et nous n'écrivons pas la même chose.

LE POÈTE : Peu importe !

L'AMOUR : J'écris aussi sur les gens que je vois passer dans la rue. (*Un temps*) Des silhouettes furtives. (*Un temps*) Des gens que je ne connaîtrai jamais.

LE POÈTE : Écrivez-vous la nuit ? Ou le jour ? (*Un temps*) Ou les deux ?

L'AMOUR : La nuit. Toujours. (*Un temps*) Le silence est plus grand. Plus beau. Plus intense !

LE POÈTE (*ton affectueux*) : Vous devriez lire votre journal à haute voix.

L'AMOUR : Je ne l'ai pas apporté aujourd'hui.

LE POÈTE : Une autre fois.

L'AMOUR : Et pourquoi à haute voix ?

LE POÈTE : La lecture rend les mots plus purs…plus clairs… (*Un temps*) Elle fait entendre l'écho du langage.

L'AMOUR : L'écho ?

LE POÈTE (*d'une voix douce*) : La résonance, la vibration entre nous.

L'AMOUR : Cet homme avec qui j'ai rompu. (*Un temps*) Il ne lisait jamais aucun livre. (*Un temps*) Pourtant il était éduqué. Il gagnait bien sa vie.

LE POÈTE : Cela ne veut rien dire.

L'AMOUR : Tout le monde n'a pas besoin de lire, je suppose.

L'ÉDITEUR (*se couchant à nouveau sur le divan*) : Tout le monde n'a pas besoin de poésie.

LE POÈTE : Tout le monde…tout le monde…qu'est-ce que ça veut dire : 'tout le monde' ? C'est abstrait ! Je préfère : 'quelques uns'…ou 'toi et moi' !

L’ÉDITEUR : Elle voulait sans doute dire : ‘la majorité des gens’.

LE POÈTE : C’est qui, ‘la majorité des gens’ ?

L’ÉDITEUR : C’est… (*Un temps*) (*Il réfléchit*) Une question de nombre.

LE POÈTE : Combien de manuscrits ? (*Un temps*) Combien de vies ? Combien de mots ? (*Un temps*) Pourquoi toujours : ‘combien’ ?

L’ÉDITEUR : Je ne vous suis plus.

LE POÈTE : Je ne demande pas qu’on me suive.

L’AMOUR : Dans mon journal, il y a des dates…des jours précis… (*Un temps*) Il me donne l’impression de maîtriser le temps…malgré tout.

LE POÈTE : Je n’ai pas envie de penser au temps.

L’ÉDITEUR (*en train de bâiller*) : Laissez-moi dormir !

LE POÈTE : La journée a été longue.

L’ÉDITEUR : Oui. La nuit aussi !

LE POÈTE : La nuit en nous…

L'AMOUR (*s'arrêtant subitement de taper à l'ordinateur*) : Cela suffit !

L'ÉDITEUR (*se tournant vers le poète*) : Vous n'êtes pas un maudit !

LE POÈTE : Non. Je suis un exclu. Il n'y a plus que des exclus !

L'ÉDITEUR : C'est une identité comme une autre. (*Un temps*) Chacun son statut.

LE POÈTE : Et vous, qu'est-ce que vous êtes ?

L'ÉDITEUR : Je ne me pose pas ce genre de question.

LE POÈTE : Vous n'êtes rien ni personne !

L'ÉDITEUR : Ça recommence…

LE POÈTE : Un fantôme, un zombie ! Et content de l'être !

L'AMOUR (*allumant une nouvelle cigarette*) : Je ne devrais pas … (*Un temps*) C'est plus fort que moi !

LE POÈTE : Vous n'avez pas gagné. Vous ne gagnerez jamais !

L'ÉDITEUR : Aurai-je droit à un peu de repos ?

LE POÈTE (*se tournant vers la jeune femme*) : Et quand je dis : 'intérieur', à quoi pensez-vous ? Que voyez-vous ?

L'AMOUR (*d'une voix plus douce*) : Je vois un grand vide… (*Un temps*) Un trou !

LE POÈTE : C'est ce vide que je tente de combler.

L'ÉDITEUR : Il n'y a pas d'intérieur ! (*Un temps*) C'est un mot qui ne signifie rien !

LE POÈTE : Non !

L'AMOUR : Mais je nous vois aussi dans ce trou. (*Un temps*) Je nous vois malgré tout, comme un soleil qui percerait les nuages. (*Un temps*) Nous dans cet intérieur !

LE POÈTE (*s'adressant à l'éditeur*) : Comment pouvez-vous dire qu'il n'existe pas ? (*Un temps*) Qu'il n'y a rien en nous ?

L'ÉDITEUR : Laissez-moi tranquille !

LE POÈTE : Je vous laisse tranquille.

L'AMOUR (*au poète*) : Je vois… (*elle cherche ses mots*) Quelque chose que j'ai toujours voulu dire, mais que je n'ai jamais réussi à dire !

L'ÉDITEUR : Dire quoi ?

L'AMOUR : Dire !

LE POÈTE (*à l'éditeur*) : Elle parle, elle veut communiquer quelque chose !

L'AMOUR : Oui.

L'ÉDITEUR (*d'un ton insistant*) : Mais que veut-elle communiquer ?

L'AMOUR : Quelque chose à propos de moi… (*Un temps*) Quelque chose qui n'a pas eu lieu… (*Un temps*) qui ne s'est pas passé.

LE POÈTE : Quelque chose d'autre ?

L'AMOUR : Quelque chose que je n'ai pas fait. (*Un temps*) Quelque chose que personne n'a jamais fait.

LE POÈTE : Vous êtes vague, et pourtant vos paroles sont comme des pointes. Des pointes qui touchent leur but.

L'AMOUR : Des images la nuit… (*Un temps*) Des images qui ne doivent pas fuir.

LE POÈTE : Vous ouvrez une fenêtre ?

L'AMOUR : Peut-être.

LE POÈTE : Vous imaginez ce geste.

L'AMOUR : Oui.

LE POÈTE : Y-a-t-il quelqu'un près de vous ?

L'AMOUR : Je ne sais pas.

LE POÈTE : Réfléchissez ! Concentrez-vous !

L'AMOUR (*regardant fixement devant elle*) : Oui…bien sûr, l'homme qui dort dans la rue, devant chez moi !

LE POÈTE : Lui, il existe, c'est une certitude. Vous pourriez le toucher.

L'AMOUR : Je ne l'ai pas touché.

LE POÈTE : Pourquoi ?

L'AMOUR : Vous m'en demandez trop.

LE POÈTE : Il doit y avoir une raison.

L'AMOUR : Je sais. Il vit ! Il est ! Comme moi. Comme vous !

LE POÈTE : Vos mots ne s'effaceront pas. (*Un temps*) Ils sont écrits.

L'AMOUR : Les vôtres non plus !

LE POÈTE : C'est notre seule certitude.

L'AMOUR : C'est notre seul espoir.

LE POÈTE : L'intérieur est devant nous. Il est projeté au dehors.

L'AMOUR (*désignant l'éditeur qui ferme les yeux*) : Il ne vous écoute pas.

LE POÈTE : Je m'en rends bien compte.

L'AMOUR : Pour lui, la nuit est déjà finie.

LE POÈTE : Pour nous, elle commence.

L'AMOUR : Nous faisons ce que nous pouvons.

LE POÈTE : Mais que pouvons-nous ?

L'AMOUR : Nous regarder ! (*Un temps*) N'est-ce-pas ? (*elle regarde le poète fixement*)

LE POÈTE : J'allais dire la même chose. (*Un temps*) Je ne sais pas pourquoi.

L'AMOUR (*regard affectueux*) : Nous regarder pendant de longues minutes…

LE POÈTE (*regardant la jeune femme fixement*) : De longues minutes…

L'AMOUR : Une éternité.

LE POÈTE : Jusqu'à ce que tout cela finisse.

L’AMOUR : Je me sens mieux. (*Un temps*) J’ai cessé d’écrire cette lettre. (*Un temps*) Je ne voulais pas l’écrire.

LE POÈTE : Il vous a forcé à l’écrire.

L’AMOUR : Oui.

LE POÈTE : Vous devriez la jeter, elle aussi.

L’AMOUR : Elle aussi ?

LE POÈTE : Oui, comme j’ai jeté mon manuscrit tout à l’heure.

L’AMOUR : Pourquoi ?

LE POÈTE : Un geste de colère. (*Un temps*) C’était plus fort que moi.

L’AMOUR : Je ne vous imaginais pas violent.

LE POÈTE : Je ne le suis pas.

L’AMOUR : Vous l’êtes devenu, vous voulez dire ?

LE POÈTE : Oui. Sans doute. (*Un temps*) Par moments, en tout cas.

L'AMOUR : Cela ne vous mènera nulle part.

LE POÈTE : Mais je suis déjà nulle part.

L'AMOUR : Non. Ce n'est pas vrai !

LE POÈTE (*s'approchant de la jeune femme*) : Vous avez une cigarette ?

L'AMOUR : Bien sûr ! (*Elle lui tend son paquet. Le poète s'empare d'une cigarette qu'elle allume pour lui*)

LE POÈTE : Cela me fait du bien.

L'AMOUR : Cette cigarette ?

LE POÈTE : Non. Votre voix ! (*Un temps*) Votre attention à mes paroles.

L'AMOUR : Nous nous comprenons, je suppose.

LE POÈTE (*d'une voix plus douce*) : Oui ! Nous nous comprenons, et c'est ça qui est le plus important.

L'AMOUR : Croyez-vous à la barbarie ?

LE POÈTE : Oui, bien sûr !

L'AMOUR : C'est quoi, pour vous, la barbarie ?

LE POÈTE : C'est ce qui m'entoure jour après jour. (*Un temps*) Ce que je suis forcé de voir et d'entendre et que je ne voudrais ni voir ni entendre !

L'AMOUR : Vous pourriez mettre ce bandeau sur vos yeux. Ou autour de vos oreilles.

LE POÈTE : Certes.

L'AMOUR : Tout est trop brutal. (*Un temps*) Tout me frappe !

LE POÈTE : Des coups toujours.

L'AMOUR : Oui, des coups. (*Un temps*) Rien que des coups !

LE POÈTE : Il faudrait parler le plus doucement possible.

L'AMOUR : Nous le faisons.

LE POÈTE : Le poème est un murmure. (*Un temps*) Il chuchote quelques mots et quelques mots suffisent.

L'AMOUR (*éteignant sa cigarette*) : Enfin des mots qui ne seraient pas violents. Qui ne s'imposeraient pas à vous du dehors, mais viendraient du dedans.

LE POÈTE : Oui.

L'AMOUR (*son visage s'éclaire*) : Comme un autre monde. Un autre monde que celui-ci.

LE POÈTE (*d'une voix ferme*) : Il commence par un autre langage.

L'AMOUR (*souriant au poète*) : Je suis contente que vous soyez venu.

LE POÈTE : Je devais venir.

L'AMOUR : Vous êtes déçu ?

LE POÈTE (*d'un ton résolu*) : Je sais ce qu'il me reste à faire.

L'AMOUR : J'aimerais pouvoir passer toutes les nuits à parler avec quelqu'un. Dans le noir.

LE POÈTE : Ici, il y a encore de la lumière.

L'AMOUR : J'imaginais.

LE POÈTE : Il suffirait de fermer les yeux.

L'AMOUR (*fermant les yeux*) : Oui.

LE POÈTE (*d'une voix douce*) : Nous sommes si proches l'un de l'autre.

L'ÉDITEUR (*se réveillant de sa somnolence*) : Encore vous !

LE POÈTE (*ironique*) : Encore moi.

L'ÉDITEUR : Je vous croyais parti.

LE POÈTE : Rassurez-vous ! Je vais bientôt partir.

L'ÉDITEUR : Il était temps.

LE POÈTE (*s'adressant à la jeune femme*) : La barbarie commence quand l'homme ne croit plus à un autre monde que celui-ci.

L'AMOUR : La foi est en vous. Elle vous habite ?

LE POÈTE : Je le pense.

L'AMOUR (*d'une voix douce*) : J'aurais aimé vous montrer mon journal.

LE POÈTE : Il me manquera.

L'AMOUR : Je ne l'ai jamais montré à personne. (*Un temps*) C'est mon secret.

LE POÈTE (*posant un regard affectueux sur la jeune femme*) : Vous croyez aux secrets ?

L'AMOUR : Oui. Beaucoup !

LE POÈTE : Je vais m'en aller.

L'AMOUR (*touchant le bras du poète*) : Non. Restez ! Je vous en prie !

LE POÈTE : Ne vous en faites pas ! Dans quelques minutes seulement ! Juste le temps d'accomplir un dernier projet.

L'AMOUR (*air de surprise*) : Un dernier projet ? (*Un temps*) Lequel ?

LE POÈTE : Peut-être s'agit-il d'une mission. (*Un temps*) Du destin. Ou alors d'une vision qui doit devenir réalité.

L'AMOUR (*intriguée*) : Quelle vision ?

LE POÈTE : Je ne peux pas vous le dire.

L'ÉDITEUR (*au poète*) : Et que je ne vous revoie plus jamais !

LE POÈTE (*souriant du coin des lèvres*) : Non ! Vous ne me reverrez plus jamais. Je peux vous l'assurer.

L'AMOUR : Vous avez l'air serein, tout à coup. Comme détaché des choses.

LE POÈTE : D'une certaine manière, je le suis. Parce que je sais que j'ai raison. Quoiqu'il arrive.

L'AMOUR : Raison d'écrire ce que vous écrivez ?

LE POÈTE : Raison de vous parler. D'être ce que je suis.

L'AMOUR : C'est-à-dire ?

LE POÈTE : Quelqu'un qui s'apprête à accomplir un acte absolument inévitable.

L'AMOUR : Quel acte ?

LE POÈTE : Vous allez voir.

L'ÉDITEUR (*tournant maintenant en rond autour de la pièce, les mains derrière le dos*) : Je crois savoir.

LE POÈTE : Vous croyez savoir ?

L'ÉDITEUR (*d'un ton cynique*) : Oui. Le sacrifice du poète. Un acte noble. (*Un temps*) Digne de vous.

LE POÈTE : Mon sacrifice ?

L'ÉDITEUR : Comme dans les grandes tragédies classiques.

LE POÈTE : Vous vous trompez. Il n'y aura pas de sacrifice !

L'ÉDITEUR (*haussant les épaules*) : Dommage ! Cela aurait fait un beau spectacle.

LE POÈTE (*à la jeune femme*) : L'expérience du non a toujours accompagné ma vie. Comme une seconde peau.

L'ÉDITEUR (*maugréant en lui-même, indifférent aux paroles du poète*) : Vraiment dommage !

LE POÈTE : Le non de mes parents quand je leur demandais de l'argent de poche. (*Un temps*) Le non des mes professeurs qui me forçaient à réécrire mes copies à l'école. (*Un temps*) Le non d'un amour de jeunesse qui ne voulait pas m'épouser. (*Un temps*) Le non des employeurs qui ne voulaient pas m'embaucher.

L'ÉDITEUR : La nuit se termine.

LE POÈTE : Le non des éditeurs. Et bien d'autres encore.

L'AMOUR : Où allez-vous, maintenant ?

LE POÈTE : Je vais d'abord rentrer chez moi. Essayer de dormir un peu !

L'AMOUR : Vous devriez.

LE POÈTE (*à la jeune femme*) : Votre regard me rend plus fort.

L'AMOUR : Je suis heureuse de l'apprendre.

LE POÈTE : Il me pousse en avant. Il me donne un élan subit.

L'AMOUR : Dans mon journal, je parle aussi de la joie.

LE POÈTE : De la joie ?

L'AMOUR : Oui, de la joie de l'enfance. (*Un temps*) De mon enfance. De toutes les enfances.

LE POÈTE : L'enfance est encore à venir. Nous devons l'inventer.

L'AMOUR (*regard brillant*) : Inventons-là !

LE POÈTE (*se concentrant intensément*) : Un seul geste à accomplir… (*Un temps*) Un geste unique et sans retour.

L'ÉDITEUR (*au poète*) : Vous ne savez plus quoi dire. Vous êtes perdu. Vous êtes largué. Une bonne fois pour toutes !

LE POÈTE : Ce sera tout ou rien. (*Un temps*) Sans le moindre calcul.

L'ÉDITEUR (*d'un ton cassant*) : Non ! (*haussant le ton et se tournant vers la jeune femme*) Ne l'écoutez pas !

L'AMOUR : Mes mots feront toujours sens. (*au poète*) Les vôtres aussi ! (*Un temps*) Ils nous survivront.

L'ÉDITEUR : J'ai du travail à préparer.

L'AMOUR (*à l'éditeur*) : Travail ! Travail ! Vous n'avez que ce mot-là à la bouche en permanence.

L'ÉDITEUR : C'est ma seule réalité. Ma seule vérité.

LE POÈTE (*enfonçant la main dans la poche de son pantalon*) : Mes poèmes auraient pu vous atteindre. Vous toucher.

L'ÉDITEUR (*haussant les épaules*) : Avec des si, on referait le monde.

LE POÈTE : Ils étaient des cris. Des caresses. Des… (*il s'interrompt brusquement*)

L'AMOUR : Personne ne pourra les effacer. (*Un temps*) Ils nous appartiendront toujours. (*Un temps*) Jusqu'à notre propre mort.

LE POÈTE (*désignant la jeune femme*) : Elle sera le témoin de mon geste.

L'ÉDITEUR (*s'adressant au poète*) : Pourquoi vous rapprochez-vous ?

L'AMOUR (*s'adressant au poète*) : Vous allez tomber ! Faites attention !

LE POÈTE (*d'un ton assuré*) : Non ! (*Un temps*) Mes jambes ne tremblent pas. (*Un temps*) Mon bras ne tremble pas non plus.

L'AMOUR : Une illusion, sans doute.

L'ÉDITEUR : Pourquoi me regardez-vous droit dans les yeux ?

LE POÈTE : Vous allez payer pour vos fautes.

L'ÉDITEUR (*air surpris*) : Payer ?

LE POÈTE (*il sort brusquement un revolver de la poche de son pantalon*) : J'ai attendu ce moment pendant si longtemps.

L'ÉDITEUR (*interloqué*) : Mais…

LE POÈTE : Trop longtemps.

L'ÉDITEUR (*levant les mains, le regard inquiet*) : Vous n'y pensez pas ! (*Un temps*) Un meurtre !

LE POÈTE : Ce ne sera que justice. (*il braque le revolver en direction du visage de l'éditeur*)

L'ÉDITEUR (*tremblant*) : Attendez ! On pourrait négocier.

LE POÈTE (*d'une voix plus forte*) : Non. Je déteste les compromis !

L'AMOUR (*d'un ton suppliant*) : Je vous en prie ! Ne faites pas ça ! (*essayant de gagner du temps*) Vous allez commettre une grave erreur !

LE POÈTE (*s'adressant à l'éditeur*) : Vous avez peur ? Il ne faut pas avoir peur !

L'ÉDITEUR (*avec une expression inquiète sur le visage*) : Vous êtes un homme violent.

LE POÈTE (*d'un ton ferme*) : Non ! Je suis un homme très doux de nature, au contraire ! (*Un temps*) C'est vous qui avez été violent !

L'ÉDITEUR (*fermant les yeux*) : Faites vite ! Le plus vite possible !

LE POÈTE (*haussant le ton*) : À genoux ! (*haussant encore le ton*) À genoux !

L'ÉDITEUR (*exécutant les ordres du poète*) : Tout ça pour des mots.

LE POÈTE : Mes mots. (*Un temps*) Les seuls qui comptaient pour moi.

L'ÉDITEUR : Pour rien !

L'AMOUR (*criant*) : Non ! (*le poète presse sur la gâchette. On entend une détonation et le corps de l'éditeur s'affaisse subitement sur le divan*)

LE POÈTE (*laissant retomber son arme le long de son corps*) : Vous êtes libre de mourir ! Libre de mourir ! (*Un temps*) Tout ça n'aura été qu'un mauvais rêve ! (*la jeune femme prend sa tête entre ses mains. Le poète lâche maintenant son arme par terre tout en continuant à fixer le corps immobile de l'éditeur étendu sur le divan. Un long silence s'ensuit. Un faisceau de lumière se braque une dernière fois sur la corbeille qui contient le manuscrit du poète*).

L'HARMATTAN, ITALIA
Via Degli Artisti 15 ; 10124 Torino

L'HARMATTAN HONGRIE
Könyvesbolt ; Kossuth L. u. 14-16
1053 Budapest

L'HARMATTAN BURKINA FASO
Rue 15.167 Route du Pô Patte d'oie
12 BP 226 Ouagadougou 12
(00226) 76 59 79 86

ESPACE L'HARMATTAN KINSHASA
Faculté des Sciences Sociales,
Politiques et Administratives
BP243, KIN XI ; Université de Kinshasa

L'HARMATTAN GUINÉE
Almamya Rue KA 028 en face du restaurant le cèdre
OKB agency BP 3470 Conakry
(00224) 60 20 85 08
harmattanguinee@yahoo.fr

L'HARMATTAN CÔTE D'IVOIRE
M. Etien N'dah Ahmon
Résidence Karl / cité des arts
Abidjan-Cocody 03 BP 1588 Abidjan 03
(00225) 05 77 87 31

L'HARMATTAN MAURITANIE
Espace El Kettab du livre francophone
N° 472 avenue Palais des Congrès
BP 316 Nouakchott
(00222) 63 25 980

L'HARMATTAN CAMEROUN
Immeuble Olympia face à la Camair
BP 11486 Yaoundé
(00237) 99 76 61 66
harmattancam@yahoo.fr

L'HARMATTAN SÉNÉGAL
« Villa Rose », rue de Diourbel X G, Point E
BP 45034 Dakar FANN
(00221) 33 825 98 58 / 77 242 25 08
senharmattan@gmail.com

615977 - Août 2015
Achevé d'imprimer par

1livre.com
du rêve à la réalité !